讚！

日文進階20堂課

2

甘英熙・佐伯勝弘・佐久間司朗◎著
彭尊聖◎譯

豐富的例句，
多樣的練習題
幫你循序漸進
自然開口說日文！

MP3

國家圖書館出版品預行編目（CIP）資料

讚！日文進階 20 堂課 2/ 甘英熙，佐伯勝弘，佐久間司朗著；彭尊聖譯．-- 初版．--［臺北市］：寂天文化，2019.07

冊；　公分

ISBN 978-986-318-816-2 (16K 平裝附光碟片）

1. 日語 2. 讀本

803.18　　108010004

讚！日文進階 20 堂課 2

作　　者	甘英熙／佐伯勝弘／ 佐久間司朗
審　　訂	田中結香
譯　　者	彭尊聖
編　　輯	黃月良
校　　對	洪玉樹
排　　版	謝青秀
製程管理	洪巧玲
出 版 者	寂天文化事業股份有限公司
電　　話	+886-(0)2-2365-9739
傳　　真	+886-(0)2-2365-9835
網　　址	www.icosmos.com.tw
讀者服務	onlineservice@icosmos.com.tw

出版日期　2019 年 7 月 初版一刷
郵撥帳號　1998-6200　寂天文化事業股份有限公司
・ 劃撥金額 600 元（含）以上者，郵資免費。
・ 訂購金額 600 元以下者，請外加郵資 65 元。
〔若有破損，請寄回更換，謝謝。〕

日語中有漢字，所以華文圈的學習者佔有相當的優勢，發音上也並不會讓台灣的學習者感到困難。基於此，本教材盡最大努力把「華文圈的學習者學習日語的優勢」發揮至極致，以循序漸進學習為宗旨，設計詳細的學習步驟。

初階的第一冊《**讚！日文進階20堂課1**》先從五十音假名學習開始，完整介紹完假名之後，開始進入名詞、形容詞等句型會話內容。第二冊《**讚！日文初學20堂課2**》開始引導學生學習動詞句，從**表示存在**的「あります／います」開始展開序幕，慢慢開始介紹**動詞**的「ます形」、「辭書形」、「て形」、「ない形」等等。一步步慢慢打好學習基礎。

進階的《**讚！日文進階20堂課1**》，也就本系列的第三冊深入進階更多元的內容，一一介紹實用文法表現，像是「可能形」、「受授動詞」、「被動形」、「使役形」等等。第四冊的《**讚！日文進階20堂課2**》則介紹更多的「補助動詞」、「假設表現」，以及「意向形」等等。

第四冊延續前三冊的「輕鬆快樂的學習」的編寫宗旨，採取重點學習，以確實學會基本用法為首要考量，先學會基礎的表達方式，避免編入過於雜亂的內容讓學習者感到混亂。雖然同時學習相近的用法確實是一個好方法，但是也可能因此讓學習者感到混亂，進而干擾學習的進度。

對於這樣的學習方針，可能會出現「難以符合進階學習者期待」的不滿聲浪。但是，我們編者群認為重點不在於網羅所有的文法規則，而是先將相對容易理解與便於活用的內容納入書本當中，才能使學習者安心，引導他們快樂學習並獲得成就感。

我們不希望學習者在學習過程中遭遇困難的高牆而半途而廢，如果中途放棄的話就太可惜了。編者群真心期盼學習者們能因為本教材而產生「日語真的既簡單又有趣」的想法。

學習外語就像一段漫長的旅行，我們通常難以一次備齊所有的旅行用品。同樣的道理，即便是極為優秀的教材也難以面面俱到。本教材為首次展開日語學習之旅的各位提供了滿滿的必學重點，同時在細心投入與編排之下，有效避免學習者遭遇失敗。只要與本書一同踏上日語學習之旅，保證絕對不會讓你停滯不前、不再走回頭路。

編者群　致

目錄

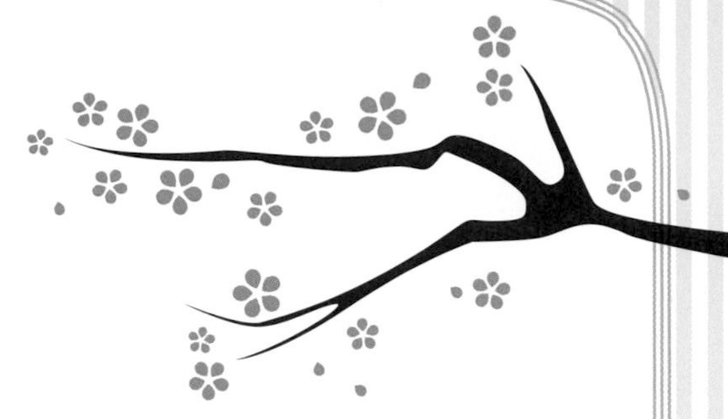

本書的架構與特色

第四冊依然是動詞句的重點學習，承接前三冊的入門課程——動詞等等的基本應用，在本冊中，將更深入動詞句的重點學習。課程架構如下：

Lesson 31

せつめい
説明がわかりやすいです。

說明容易理解。

point

01 ～て／で 【原因】

02 ～すぎる 過於～；超過～

03 ～やすい／～にくい 容易～／難以～

04 ～ながら 一邊～一邊

05 ～方 ～的方法

1. 單元介紹

本課的標題，並簡單介紹本課的重點學習內容。

2. 單字表

列出課文新出現單字。

單字 001

假名	漢字／原文	中譯
きります	切ります ・電話を切ります	切；割【切るⅠ】 ・掛電話
うごきます	動きます	行動；動【動くⅠ】
とおります	通ります	通行【通るⅠ】
なれます	慣れます	習慣【慣れるⅡ】
やります		做～【やるⅠ】
じこ	事故	事故；意外
かいぎ	会議	開會
さびしい	寂しい	寂寞
ぐあい	具合	身體狀況
さいきん	最近	最近
びょうき	病気	疾病
きもち	気持ち	心情；感情
つまらない		無聊的
はなし	話	談話
みち	道	道路
アプリ（アプリケーション的省略語）	APP（application）	智慧手機的第三方應用程式
マクドナルド	MacDonald	麥當勞
せかい	世界	世界
ちゅうもん	注文	訂購；點（餐）
おなじ	同じ	一樣的

10

3. 會話

集合本課學習精華的會話本文。請先挑戰閱讀，並試著掌握文意。學習完所有文法規則後，再重新挑戰一次，自我檢視進步程度。

會話 …… Dialogue

002

張　さっきのプレゼン、説明がわかりやすくて、よかったですよ。

岡田　。張さんも来週プレゼンですよね。

張　はい。今、資料をまとめながら作っているんです。
でも、資料が多すぎて困ってます。

岡田　何か手伝いましょうか。

張　ありがとうございます。実は、ソフトの使い方がわからなくて…。

岡田　そうですか。新しいソフトは簡単でわかりやすいですよ。
私が教えましょう！

張　ありがとうございます。本当に助かります。

Tip
口語表現中，常見「～ています」省略「い」，如：
・作っている
→作ってる

・困っています
→困ってます

12

4. 學習重點

將本課必學的文法分類後逐一列出，並特別在各個文法下方提供大量例句，有助強化學習者的理解能力與學習動機。

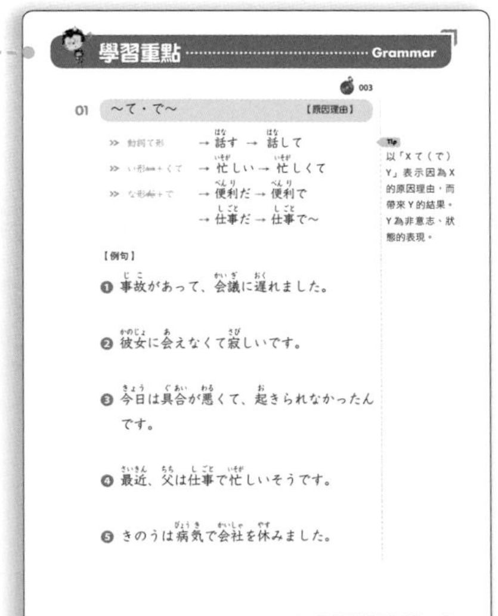

學習重點 …… Grammar

003

01 ～て・で～ 【原因理由】

>> 動詞て形 → 話す → 話して

>> い形容詞＋くて → 忙しい → 忙しくて

>> な形容詞＋で → 便利だ → 便利で
→ 仕事だ → 仕事で～

Tip
以「Xて（で）Y」表示因為X的原因理由，而帶來Y的結果。Y為非意志、狀態的表現。

【例句】

❶ 事故があって、会議に遅れました。

❷ 彼女に会えなくて寂しいです。

❸ 今日は具合が悪くて、起きられなかったんです。

❹ 最近、父は仕事で忙しいそうです。

❺ きのうは病気で会社を休みました。

Lesson 31 説明がわかりやすいです。 ・13

5. 練習

熟悉「學習重點」的內容後，練習「填空完成句子」等題目，將重點精華內容消化後變成自己的東西。

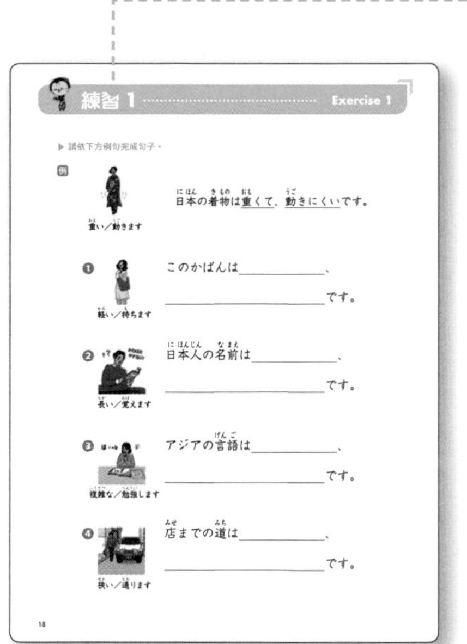

練習 1 Exercise 1

▶ 請依下方例句完成句子。

例 日本の着物は重くて、動きにくいです。（重い／動きます）

① このかばんは＿＿＿＿＿、＿＿＿＿＿＿＿＿です。（軽い／持ちます）

② 日本人の名前は＿＿＿＿＿、＿＿＿＿＿＿＿＿です。（長い／覚えます）

③ アジアの言語は＿＿＿＿＿、＿＿＿＿＿＿＿＿です。（複雑な／勉強します）

④ 店までの道は＿＿＿＿＿、＿＿＿＿＿＿＿＿です。（狭い／通ります）

18

6. 會話練習

依照提示回答問題，學習者可以根據情境自由回答。學習者可以在課堂內自行轉換成各種情境，提升學習的實境參與感。

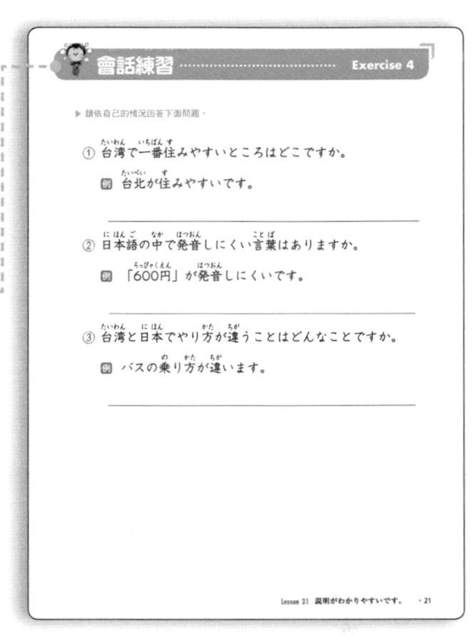

會話練習 Exercise 4

▶ 請依自己的情況回答下面問題。

① 台湾で一番住みやすいところはどこですか。

例 台北が住みやすいです。

② 日本語の中で発音しにくい言葉はありますか。

例 「600円」が発音しにくいです。

③ 台湾と日本でやり方が違うことはどんなことですか。

例 バスの乗り方が違います。

Lesson 31 説明がわかりやすいです。 · 21

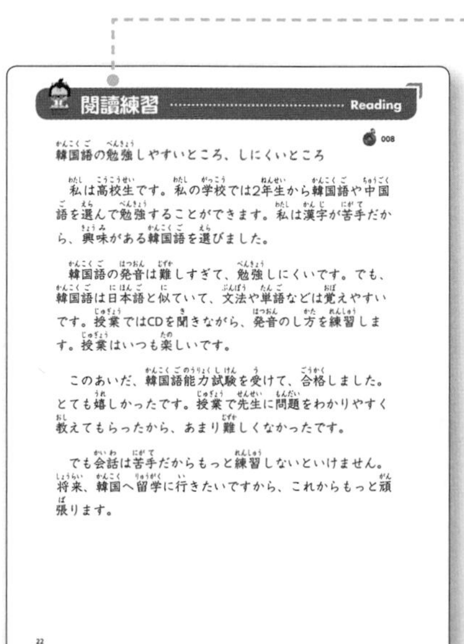

閱讀練習 Reading

008

韓国語の勉強しやすいところ、しにくいところ

私は高校生です。私の学校では2年生から韓国語や中国語を選んで勉強することができます。私は漢字が苦手だから、興味がある韓国語を選びました。

韓国語の発音は難しすぎて、勉強しにくいです。でも、韓国語は日本語と似ていて、文法や単語などは覚えやすいです。授業ではCDを聞きながら、発音のし方を練習します。授業はいつも楽しいです。

このあいだ、韓国語能力試験を受けて、合格しました。とても嬉しかったです。授業で先生に問題をわかりやすく教えてもらったから、あまり難しくなかったです。

でも会話は苦手だからもっと練習しないといけません。将来、韓国へ留学に行きたいですから、これからもっと頑張ります。

22

7. 閱讀練習

將本課的學習重點彙整成幾個較長的句子，在閱讀與理解的過程中，加深學習印象。請測試自己是否能完美解析每個句子，同時挑戰是否可以在發音毫無錯誤的狀況下，一口氣從頭讀到尾，兩者皆能提升學習成效。

寫作練習 Writing

▶ 請參考（閱讀練習）練習針對某事物描寫它的難處及容易處。

Lesson 31 説明がわかりやすいです。 · 23

8. 寫作練習

附加在「閱讀練習」後方，自行撰寫短文，作為各課最後的綜合應用練習時間。

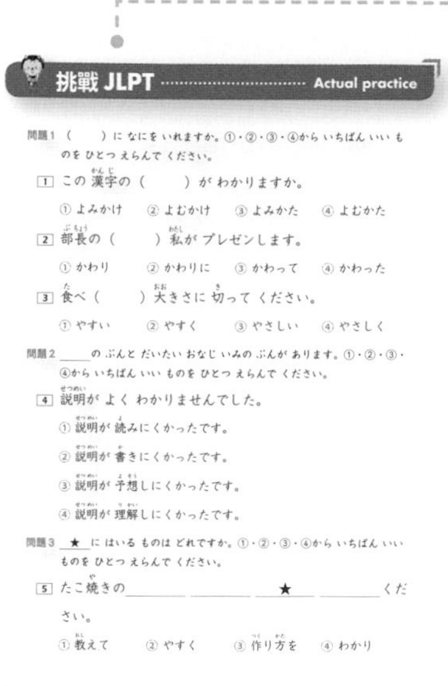

挑戰 JLPT Actual practice

問題1 （　　）に なにを いれますか。①・②・③・④から いちばん いい ものを ひとつ えらんで ください。

1 この 漢字の（　　）が わかりますか。

① よみかけ　② よむかけ　③ よみかた　④ よむかた

2 部長の（　　）私が プレゼンします。

① かわり　② かわりに　③ かわって　④ かわった

3 食べ（　　）大きさに 切って ください。

① やすい　② やすく　③ やさしい　④ やさしく

問題2 ＿＿の ぶんと だいたい おなじ いみの ぶんが あります。①・②・③・④から いちばん いい ものを ひとつ えらんで ください。

4 説明が よく わかりませんでした。

① 説明が 読みにくかったです。

② 説明が 書きにくかったです。

③ 説明が 予想しにくかったです。

④ 説明が 理解しにくかったです。

問題3 ＿★＿に はいる ものは どれですか。①・②・③・④から いちばん いい ものを ひとつ えらんで ください。

5 たこ焼きの＿＿ ＿＿ ＿★＿ ＿＿ください。

① 教えて　② やすく　③ 作り方を　④ わかり

24

9. 挑戰 JLPT ！

提供各類日語考試中會出現的題型，不僅可以檢測自己的學習成效，還能熟悉日本語能力測驗中出現的題型，期待達到一箭雙鵰的效果。

＊ 生活字彙

提供與本課相關的基本詞彙，並附上圖片。

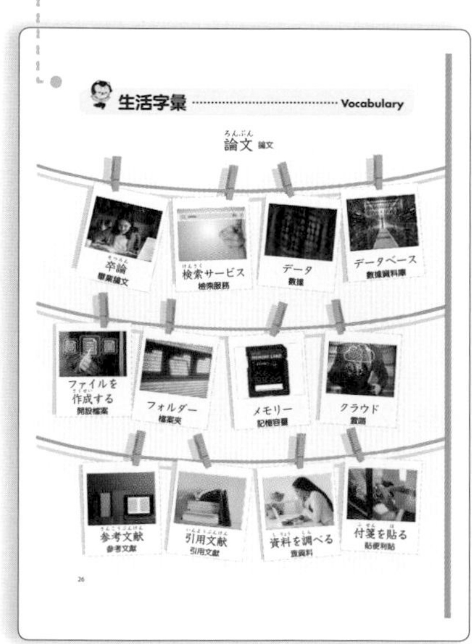

生活字彙 Vocabulary

26

コラム

▶ 日本文化探訪 —— 万博記念公園、太陽の塔

一提起大阪，你會想到什麼知名景點呢？大阪城？道頓堀？還是環球影城呢？嗯…，值得去看看的地方真的很多呢！那麼，提到日本知名的塔，你又會想到什麼呢？東京鐵塔？東京晴空塔？沒錯，這些都是相當知名的塔。不過在這裡，我想要介紹給大家的是，大阪隱藏版的知名景點「萬博紀念公園」和「太陽之塔」。

在大阪市內搭乘地鐵，再換乘單軌鐵路往大阪北邊走就抵達了「萬博紀念公園」和「太陽之塔」。這裡是西元1970年日本主辦的第一個國際博覽會「日本万国博覧会」（以下簡稱「日本萬博」）舉行的地方，活動結束後經拆除重建，重新規劃成這個公園。日本萬博不但象徵了日本經濟的高度成長期，也因為是當時規模最大的國際博覽會而享譽全球。現在公園內建築有日本庭園、博物館、美術館、溫泉以及遊樂設施，可以從許多方面接觸日本文化。

之前還設有主題公園，但是在2009年關閉主題公園，再融合各項遊樂設施，重新規劃出了EXPOCITY（萬博城）。2015年萬博城隆重開幕，裡面有水族館、日本最高的摩天輪（123公尺），還有各式各樣的遊樂設施和大型購物商城，每天都有絡繹不絕的觀光客湧入。

「萬博紀念公園」裡最值得一看的就是「太陽之塔」。這座高70公尺的建築物，由日本藝術界巨匠岡本太郎（1911-1996）設計建造，是日本萬博的象徵。展開的雙臂和象徵未來的「黃金臉」是「太陽之塔」的特徵。就像岡本太郎的名言「藝術就是爆發」一樣，「太陽之塔」讓人感到一股爆發的能量向外噴發。遠看也好，近觀也好，就像眺望富士山一樣，會令觀者感受到滿溢的能量迎面而來。

下次到大阪旅遊時，不妨到「萬博紀念公園」來重新充電一下，感受「萬博紀念公園」和「太陽之塔」的生命活力！

＊ 日本文化探訪

提供文化基本資訊和相關照片，期盼學習者更加了解日本。語言和文化可説是相輔相成，了解日本文化將有助於提升日語的能力。

Lesson 31

説明(せつめい)がわかりやすいです。

說明容易理解。

point

01 ～て／で　【原因】

02 ～すぎる　過於～；超過～

03 ～やすい／～にくい　容易～／難以～

04 ～ながら　一邊～一邊

05 ～方(かた)　～的方法

假名	漢字／原文	中譯
きります	切ります ＊電話を切ります	切；割【切るⅠ】 ＊掛電話
うごきます	動きます	行動；動【動くⅠ】
とおります	通ります	通行【通るⅠ】
なれます	慣れます	習慣【慣れるⅡ】
やります		做～【やるⅠ】
じこ	事故	事故；意外
かいぎ	会議	開會
さびしい	寂しい	寂寞
ぐあい	具合	身體狀況
さいきん	最近	最近
びょうき	病気	疾病
きもち	気持ち	心情；感情
つまらない		無聊的
はなし	話	談話
みち	道	道路
アプリ	APP（application）	智慧手機的第三方應用程式（アプリケーション的省略語）
マクドナルド	MacDonald	麥當勞
せかい	世界	世界
ちゅうもん	注文	訂購；點（餐）
おなじ	同じ	一樣的

～について		針對～；有關～
きもの	着物	和服
かるい	軽い	輕的
ながい	長い	長的
ふくざつ（な）	複雑（な）	複雜的
アジア	Asia	亞洲
せまい	狭い	狹窄的
どくとく（な）	独特（な）	獨特的
ことば	言葉	單詞；語言

まとめます		整理【まとめるⅡ】
たすかります	助かります	得救【助かるⅠ】
こまります	困ります	困擾【困るⅠ】
プレゼン	presentation	簡報發表，「プレゼンテーション」的略語
しりょう	資料	資料
じつは	実は	其實

にます	似ます	相似【似るⅡ】
がんばります	頑張ります	努力；加油【頑張るⅠ】
にがて（な）	苦手（な）	不擅長的
きょうみ	興味	（對～有）興趣
のうりょく	能力	能力
もんだい	問題	問題；考題
しょうらい	将来	將來

會話 ………………………………… Dialogue

002

張(ちょう)　さっきのプレゼン、説明(せつめい)がわかりやすくて、よかったですよ。

岡田(おかだ)　張(ちょう)さんも来週(らいしゅう)プレゼンですよね。

張(ちょう)　はい。今(いま)、資料(しりょう)をまとめながら作(つく)ってるんです。

でも、資料(しりょう)が多(おお)すぎて困(こま)ってます。

岡田(おかだ)　何(なに)か手伝(てつだ)いましょうか。

張(ちょう)　ありがとうございます。実(じつ)は、ソフトの使(つか)い方(かた)がわからなくて…。

岡田(おかだ)　そうですか。新(あたら)しいソフトは簡単(かんたん)でわかりやすいですよ。

私(わたし)が教(おし)えましょう！

張(ちょう)　ありがとうございます。本当(ほんとう)に助(たす)かります。

Tip

口語表現中，常見「～ています」省略「い」。如：

・作っている

→ 作ってる

・困っています

→ 困ってます

學習重點 Grammar

003

01 ～て・で～ 【原因理由】

- >> 動詞て形 • 話(はな)す → 話(はな)して
- >> い形~~い~~＋くて • 忙(いそが)しい → 忙(いそが)しくて
- >> な形~~だ~~＋で • 便利(べんり)だ → 便利(べんり)で
- >> N ~~だ~~＋で • 仕事(しごと)だ → 仕事(しごと)で～

Tip

以「X て（で）Y」表示因為 X 的原因理由，而帶來 Y 的結果。Y 為非意志、狀態的表現。

【例句】

❶ 事故(じこ)があって、会議(かいぎ)に遅(おく)れました。

❷ 彼女(かのじょ)に会(あ)えなくて寂(さび)しいです。

❸ 今日(きょう)は具合(ぐあい)が悪(わる)くて、起(お)きられなかったんです。

❹ 最近(さいきん)、父(ちち)は仕事(しごと)で忙(いそが)しいそうです。

❺ きのうは病気(びょうき)で会社(かいしゃ)を休(やす)みました。

004

02 【ます形】～すぎる　過於～；超過～

>> V~~ます~~　＋すぎる　→ 買(か)いすぎる

>> い形容詞~~い~~　＋すぎる　→ 大(おお)きすぎる

>> な形容詞~~だ~~　＋すぎる　→ 静(しず)かすぎる

【例句】

❶ お酒(さけ)を飲(の)みすぎて、気持(きも)ちが悪(わる)いです。

❷ 単語(たんご)が多(おお)すぎて、全部(ぜんぶ)覚(おぼ)えられません。

❸ 彼(かれ)はいい人(ひと)だが、真面目(まじめ)すぎて、つまらない。

❹ 久(ひさ)しぶりにバイキングに行(い)って、食(た)べ過(す)ぎた。

 005

03 【ます形】～やすい／～にくい 容易～／不易～

>> 使(つか)う（やすい）→ 使(つか)いやすい

>> 使(つか)う（にくい）→ 使(つか)いにくい

【例句】

1. あの人(ひと)の話(はなし)は、分(わ)かりにくいです。

2. この道(みち)は広(ひろ)くてきれいで、歩(ある)きやすいですね。

3. 僕(ぼく)が肉(にく)を食(た)べやすく切(き)って*あげるよ。

4. このコーヒーは、苦(にが)くてちょっと飲(の)みにくいな。

5. もう少(すこ)し使(つか)いやすいアプリはないの？

Tip

「～やすい」可翻成「做某動作很容易／很輕鬆／做得很好」等等。「～にくい」則可翻成「做某動作很困難／很費力」等等。

Tip

「い形容詞」後面接上動詞時，以「～~~い~~＋く＋V」方式接續。

・安(やす)い＋売(う)る

→ 安く売る

學習重點

006

04 【ます形】ながら～ 一邊～一邊～

>> V~~ます~~+ながら → 飲(の)みながらテレビを見(み)ます

【例句】

❶ 毎日音楽(まいにちおんがく)を聞(き)きながら、朝(あさ)ごはんを食(た)べます。

❷ 彼(かれ)は大学(だいがく)に通(かよ)いながらアルバイトをしています。

❸ 車(くるま)を運転(うんてん)しながら、携帯電話(けいたいでんわ)を使(つか)わないでください。

❹ 昨日(きのう)、友達(ともだち)とご飯(はん)を食(た)べながらいろんな話(はなし)をしました。

Tip

「A ながら B」

表示「一邊做 A 動作，一邊做 B 動作」。B 為主要動作。

007

05 ～方(かた) ～方法

>> V~~ます~~＋方(かた)　• 飲(の)む → 飲(の)み方(かた)

【例句】

❶ このソフトの使(つか)い方(かた)がわかりません。

❷ マクドナルドは世界(せかい)どこでも注文(ちゅうもん)のし方(かた)が同(おな)じです。

❸ 日本語(にほんご)の教(おし)え方(かた)について学(まな)んでいます。

❹ あの人(ひと)は話(はな)し方(かた)がとても優(やさ)しいですね。

Tip
表示某動作之方法、做法。

練習 1 ………………………………… Exercise 1

▶ 請依下方例句完成句子。

例

日本(にほん)の着物(きもの)は<u>重(おも)くて</u>、<u>動(うご)きにくい</u>です。

重(おも)い／動(うご)きます

❶ このかばんは＿＿＿＿＿＿＿、

＿＿＿＿＿＿＿＿＿＿＿＿です。

軽(かる)い／持(も)ちます

❷ 

日本人(にほんじん)の名前(なまえ)は＿＿＿＿＿＿＿、

＿＿＿＿＿＿＿＿＿＿＿＿です。

長(なが)い／覚(おぼ)えます

❸ 

アジアの言語(げんご)は＿＿＿＿＿＿＿、

＿＿＿＿＿＿＿＿＿＿＿＿です。

複雑(ふくざつ)な／勉強(べんきょう)します

❹ 店(みせ)までの道(みち)は＿＿＿＿＿＿＿、

＿＿＿＿＿＿＿＿＿＿＿＿です。

狭(せま)い／通(とお)ります

練習 2 ………………………………… Exercise 2

▶ 請依下方例句完成句子。

例

この店(みせ)は<u>行(い)き方(かた)</u>が<u>複雑(ふくざつ)すぎ</u>て、客(きゃく)が少(すく)ないです。

行(い)きます／複雑(ふくざつ)な

1 この料理(りょうり)は＿＿＿＿＿が＿＿＿＿＿て、私(わたし)は作(つく)れません。

作(つく)ります／難(むずか)しい

2 彼(かれ)は＿＿＿＿＿が＿＿＿＿＿て、私(わたし)は好(す)きじゃありません。

歌(うた)います／独特(どくとく)な

3 韓国(かんこく)と日本(にほん)は、ご飯の＿＿＿＿＿が＿＿＿＿＿て、なかなか慣(な)れません。

食(た)べます／違(ちが)います

4 このゲームは＿＿＿＿＿が＿＿＿＿＿て、よくわかりません。

遊(あそ)びます／複雑(ふくざつ)な

練習 3 ………………………… Exercise 3

▶ 請依下方例句完成句子。

例

ご飯を食べます／テレビを見ます

→ 私は毎朝、ご飯を食べながら、テレビを見ます。

❶ シャワーを浴びます／歌を歌います

→ 毎日＿＿＿＿＿＿＿＿＿＿＿＿＿＿＿＿＿＿＿＿＿＿＿＿＿＿＿＿＿＿＿＿＿＿＿。

❷ 大学に通います／バイオリンを教えています

→ 鈴木さんは＿＿＿＿＿＿＿＿＿＿＿＿＿＿＿＿＿＿＿＿＿＿＿＿＿＿＿＿＿＿＿＿。

❸ 

お酒を飲みます／仕事の話をします

→ 昨日、友達と＿＿＿＿＿＿＿＿＿＿＿＿＿＿＿＿＿＿＿＿＿＿＿＿＿＿＿＿＿＿＿。

❹ 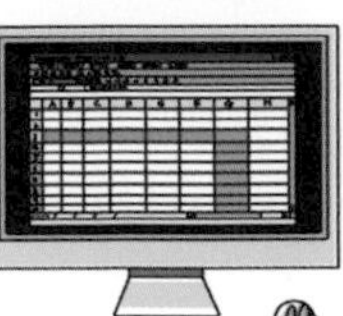

パソコンを使います／授業を受けます

→ エクセルの授業は、＿＿＿＿＿＿＿＿＿＿＿＿＿＿＿＿＿＿＿＿＿＿＿＿＿＿＿＿。

會話練習 Exercise 4

▶ 請依自己的情況回答下面問題。

① 台湾(たいわん)で一番(いちばん)住(す)みやすいところはどこですか。

例 台北(たいぺい)が住(す)みやすいです。

____

② 日本語(にほんご)の中(なか)で発音(はつおん)しにくい言葉(ことば)はありますか。

例 「600円(ろっぴゃくえん)」が発音(はつおん)しにくいです。

____

③ 台湾(たいわん)と日本(にほん)でやり方(かた)が違(ちが)うことはどんなことですか。

例 バスの乗(の)り方(かた)が違(ちが)います。

____

閱讀練習 …………………………… Reading

008

韓国語の勉強しやすいところ、しにくいところ

私は高校生です。私の学校では2年生から韓国語や中国語を選んで勉強することができます。私は漢字が苦手だから、興味がある韓国語を選びました。

韓国語の発音は難しすぎて、勉強しにくいです。でも、韓国語は日本語と似ていて、文法や単語などは覚えやすいです。授業ではCDを聞きながら、発音のし方を練習します。授業はいつも楽しいです。

このあいだ、韓国語能力試験を受けて、合格しました。とても嬉しかったです。授業で先生に問題をわかりやすく教えてもらったから、あまり難しくなかったです。

でも会話は苦手だからもっと練習しないといけません。将来、韓国へ留学に行きたいですから、これからもっと頑張ります。

寫作練習 ………………………………… Writing

▶ 請參考〔閱讀練習〕練習針對某事物描寫它的難處及容易處。

挑戰 JLPT ………………………………… Actual practice

問題 1 （　　　）に なにを いれますか。①・②・③・④から いちばん いい ものを ひとつ えらんで ください。

1 この 漢字(かんじ)の （　　　） が わかりますか。

① よみかけ　② よむかけ　③ よみかた　④ よむかた

2 弟(おとうと)はいつも音楽(おんがく)を （　　） ながら勉強(べんきょう)しています

① 聞(き)く　② 聞(き)き　③ 聞(き)かない　④ 聞(き)いた

3 食(た)べ （　　　） 大(おお)きさに 切(き)って ください。

① やすい　② やすく　③ やさしい　④ やさしく

問題 2 ＿＿＿＿の ぶんと だいたい おなじ いみの ぶんが あります。①・②・③・④から いちばん いい ものを ひとつ えらんで ください。

4 説明(せつめい)が よく わかりませんでした。

① 説明(せつめい)が 読(よ)みにくかったです。

② 説明(せつめい)が 書(か)きにくかったです。

③ 説明(せつめい)が 予想(よそう)しにくかったです。

④ 説明(せつめい)が 理解(りかい)しにくかったです。

問題 3 ＿★＿に はいる ものは どれですか。①・②・③・④から いちばん いい ものを ひとつ えらんで ください。

5 たこ焼(や)きの＿＿＿＿　＿＿＿＿　＿★＿　＿＿＿＿ください。

① 教(おし)えて　② やすく　③ 作(つく)り方(かた)を　④ わかり

コラム

▶ 日本文化探訪 —— 万博記念公園(ばんぱくきねんこうえん)、太陽(たいよう)の塔(とう)

一提起大阪，你會想到什麼知名景點呢？大阪城？道頓堀？還是環球影城呢？嗯…，值得去看看的地方真的很多呢！那麼，提到日本知名的塔，你又會想到什麼呢？東京鐵塔？東京晴空塔？沒錯，這些都是相當知名的塔。不過在這裡，我想要介紹給大家的是，大阪隱藏版的知名景點「**萬博紀念公園**」和「太陽之塔」。

在大阪市內搭乘地鐵，再換乘單軌鐵路往大阪北邊走就抵達了「**萬博紀念公園**」和「太陽之塔」。這裡是西元1970年日本主辦的第一個國際博覽會「**日本万国博覧会**(にほんばんこくはくらんかい)」（以下簡稱「日本萬博」）舉行的地方，活動結束後經拆除重建，重新規劃成這個公園。日本萬博不但象徵了日本經濟的高度成長期，也因為是當時規模最大的國際博覽會而享譽全球。現在公園內建築有日本庭園、博物館、美術館、溫泉以及遊樂設施，可以從許多方面接觸日本文化。

之前還設有主題公園，但是在2009年關閉主題公園，再融合各項遊樂設施，重新規劃出了EXPOCITY（萬博城）。2015年萬博城隆重開幕，裡面有水族館、日本最高的摩天輪（123公尺），還有各式各樣的遊樂設施和大型購物商城，每天都有絡繹不絕的觀光客湧入。

「萬博紀念公園」裡最值得一看的就是「**太陽之塔**」。這座高70公尺的建築物，由日本藝術界巨匠**岡本太郎**(おかもとたろう)（1911-1996）設計建造，是日本萬博的象徵。展開的雙臂和象徵未來的「黃金臉」是「太陽之塔」的特徵。就像岡本太郎的名言「藝術就是爆發」一樣，「太陽之塔」讓人感到一股爆發的能量向外噴發。遠看也好，近觀也好，就像眺望富士山一樣，會令觀者感受到滿溢的能量迎面而來。

下次到大阪旅遊時，不妨到「萬博紀念公園」來重新充電一下，感受「萬博紀念公園」和「太陽之塔」的生命活力！

生活字彙 ························ Vocabulary

論文（ろんぶん） 論文

卒論（そつろん）
畢業論文

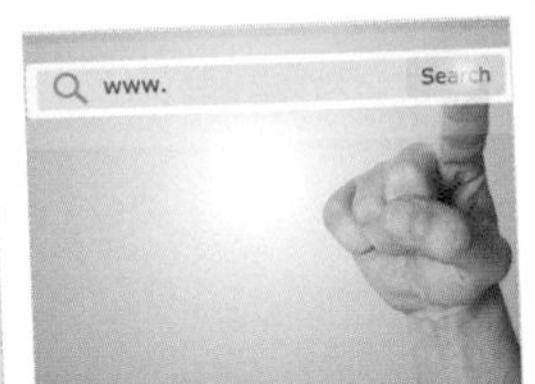

検索（けんさく）サービス
檢索服務

データ
數據

データベース
數據資料庫

ファイルを作成（さくせい）する
開設檔案

フォルダー
檔案夾

メモリー
記憶容量

クラウド
雲端

参考文献（さんこうぶんけん）
參考文獻

引用文献（いんようぶんけん）
引用文獻

資料（しりょう）を調（しら）べる
查資料

付箋（ふせん）を貼（は）る
貼便利貼

Lesson 32

テストが終(お)わったら、遊(あそ)びに行(い)きましょう。

等到考試結束了，我們去玩吧！

point

01 ～たら 【假定條件】

02 ～たら 【確定條件】

03 ～たら～た 做～之後，發現～

04 ～てしまう ～完了；竟然～；遺憾～

假名	漢字／原文	中譯
ちょきんします	貯金します	存錢【貯金するⅢ】
ちょうせんします	挑戦します	挑戰【挑戦するⅢ】
とびます	飛びます	飛【飛ぶⅠ】
つきます	着きます	到達【着くⅠ】
れんらくします	連絡します	聯絡【連絡するⅢ】
でます	出ます ＊～が出ます	出現；顯示【出るⅡ】 ＊～出現
しらせます	知らせます	通知【知らせるⅡ】
むきます	剥きます	剝；削皮【剥くⅠ】
いそぎます	急ぎます	趕緊；著急【急ぐⅠ】
へらします	減らします	減少【減らすⅠ】
ちから	力 ＊力を入れます	力量 ＊投注力量
ジャンプします	jump	跳【ジャンプするⅢ】
もどります	戻ります	返回【戻るⅠ】
すきます	空きます ＊お腹が空きます	變少；空【空くⅠ】 ＊肚子餓
ふみます	踏みます	踩【踏むⅠ】
まちがえます	間違えます	搞錯【間違えるⅡ】
しんじます	信じます	相信【信じるⅡ】
はじめます	始めます	開始【始めるⅡ】
たからくじ	宝くじ	彩券

タイムマシン	time machine	時光機
みらい	未来	未來
じゆう	自由	自由
そら	空	天空
けっか	結果	結果
なみだ	涙	眼淚
りんご	林檎	蘋果
ゆび	指	手指
だいとうりょう	大統領	總統
けいざい	経済	經濟
つき	月	月亮
おもいっきり	思いっきり	狠狠地；痛快地
すっきり		舒暢
あし	足	腳
けいかく	計画	計劃
ひとりぐらし	一人暮らし	一個人住；獨居
しっぱい	失敗	失敗

てん	点	分數
きゅうに	急に	突然
ミス	miss	錯誤
きっと		一定
じしん	自信	自信

單字 Vocabulary

すすみます	進みます	前進【進むⅠ】
けんきゅうします	研究します	研究【研究するⅢ】
たいけんします	体験します	體驗【体験するⅢ】
かなえます	叶えます	實現【叶えるⅡ】
まわります	回ります	轉動；環繞【回るⅠ】
ながめます	眺めます	眺望；觀看【眺めるⅡ】
だいがくいん	大学院	研究所
うちゅう	宇宙	宇宙
こうがく	工学	工程；工程學
ひとびと	人々	人們
むじゅうりょく	無重力	無重力
ゆめ	夢	夢想
ちきゅう	地球	地球
まわり	周り	周邊；周遭
あおい	青い	藍色的
ひので	日の出	日出
どんなに		多麼地
うちゅうじん	宇宙人	外星人

會話 ………………………………… Dialogue

010

宋(そう)　はあ……。今日(きょう)のテスト、悪(わる)い点(てん)だったら、どうしましょう。

小川(おがわ)　どうしたんですか、急(きゅう)に。

宋(そう)　今日(きょう)のテストでミスをしてしまったんです。

小川(おがわ)　そうですか。でも、次(つぎ)はきっと大丈夫(だいじょうぶ)ですよ。自信(じしん)を持(も)ってください。

宋(そう)　小川(おがわ)さんと話(はな)していたら、なんだか元気(げんき)が出(で)てきました。明日(あした)のテスト、頑張(がんば)ります。

小川(おがわ)　じゃ、テストが終(お)わったら、一緒(いっしょ)に遊(あそ)びに行(い)きましょう。

011

01 ～たら　假定條件

» Vた＋ら

- 食べる → 食べたら～
- する → したら
- かわいい → かわいかったら
- 親切だ → 親切だったら
- 先生だ → 先生だったら

Tip
表假設條件的「たら」常和「もし」（如果）搭配使用，用來表示猜測、猜想。翻譯成「如果～的話」。

【例句】

❶ もし宝くじに当たったら、貯金します。

❷ もしタイムマシンがあったら、未来に行ってみたいです。

❸ もしあと10歳若かったら、何でも挑戦するんだけど。

❹ もし私が鳥だったら、自由に空を飛びたい。

012

02 ～たら 【確定條件】

❶ 空港（くうこう）に着（つ）いたら、連絡（れんらく）しますね。

❷ お客（きゃく）さんが来（き）たら、呼（よ）んでください。

❸ 家（いえ）に帰（かえ）ったら、テレビを見（み）ます。

❹ 結果（けっか）が出（で）たら、知（し）らせてね。

Tip

表示「**條件的成立**」（如果～的話，就～），這時就和「～ば」的用法一樣。

表條件確定的「たら」，是在「預測未來會發生的事」時使用，意思是「前接的內容完成了以後，就會發生後接的內容」。

013

03 ～たら～た 做～之後，發現～

❶ 教室（きょうしつ）に入（はい）ったら、誰（だれ）もいませんでした。

❷ 薬（くすり）を飲（の）んだら、よくなりました。

❸ 時計（とけい）を見（み）たら、もう12時（じ）だった。

❹ 久（ひさ）しぶりに母（はは）に会（あ）ったら、涙（なみだ）が出（で）てきた。

Tip

表示**發現、契機的**「たら」，用來表示「前接的內容完成了以後，才知道某事實」，或用來表示「把前接的內容當作是契機」，因為有了前面的內容，所以才發生某事，或轉變成某種情況。

翻譯成「一做某動作，竟發現～」。另外一提，「～と」也有相同的用法。

學習重點 …………………………………… Grammar

 014

04 ～てしまう　～完了；（意料之外）竟然～；遺憾～

❶ 英語(えいご)の宿題(しゅくだい)はもうやってしまいました。

❷ 妹(いもうと)は一人(ひとり)でケーキを食(た)べてしまいました。

❸ 妹(いもうと)を叱(しか)ったら、泣(な)いてしまいました。

❹ 昨日(きのう)、道(みち)で転(ころ)んでしまいました。

❺ りんごを剥(む)いていて、指(ゆび)を切(き)ってしまいました。

❻ 急(いそ)いでください。遅(おく)れてしまいますよ。

Tip

「～てしまう」常用來表示「因失誤或損害而感到可惜或懊惱」。

此外，有時也用來表示動作「完了、結束」。

另外，「～てしまう」可縮寫成「～ちゃう」；將「～でしまう」縮寫成「～じゃう」。

練習 1 ……………………………… Exercise 1

▶ 請依下方例句完成句子。

例

先生（せんせい）
減（へ）らします

もし私（わたし）が先生（せんせい）だったら、テストを減（へ）らしたいです。

1 もらいます
行（い）きます

もし100万円（まんえん）＿＿＿＿＿＿＿＿、
世界旅行（せかいりょこう）に＿＿＿＿＿＿たいです。

2 大統領（だいとうりょう）
入（い）れます

もし私（わたし）が＿＿＿＿＿＿＿＿、
経済（けいざい）に力（ちから）を＿＿＿＿＿＿たいです。

3 行（い）けます
ジャンプします

もし月（つき）に＿＿＿＿＿＿＿＿、
思（おも）いっきり＿＿＿＿＿＿たいです。

4 戻（もど）れます
言（い）います

もし子供時代（こどもじだい）に＿＿＿＿＿＿＿＿、
好（す）きだった子（こ）に好（す）きだと
＿＿＿＿＿＿たいです。

練習 2 ………………………………… Exercise 2

▶ 請依下方例句完成句子。

例

寝(ね)ます

寝(ね)たら、元気(げんき)になりました。

❶ 窓(まど)の外(そと)を＿＿＿＿＿＿＿＿＿＿、雪(ゆき)が降(ふ)っていました。

見(み)ます

❷ 彼女(かのじょ)に本当(ほんとう)のことを＿＿＿＿＿＿＿＿＿＿、気持(きも)ちがすっきりしました。

話(はな)します

❸ 

遊(あそ)びます

たくさん＿＿＿＿＿＿＿＿＿＿、お腹(なか)が空(す)きました。

❹ 

降(お)ります

バスを＿＿＿＿＿＿＿＿＿＿、両親(りょうしん)が迎(むか)えに来(き)てくれていた。

練習 3 ……………………………… Exercise 3

▶ 請依下方例句完成句子。

例

忘(わす)れます

宿題(しゅくだい)を<u>忘(わす)れて</u>しまいました。

❶

踏(ふ)みます

隣(となり)の人(ひと)の足(あし)を＿＿＿＿＿＿＿＿＿＿

しまいました。

❷

来(き)ます

間違(まちが)えて早(はや)く＿＿＿＿＿＿＿＿＿＿

しまいました。

❸

信(しん)じます

彼(かれ)のうそを＿＿＿＿＿＿＿＿＿＿

しまいました。

❹

引(ひ)きます

風邪(かぜ)を＿＿＿＿＿＿＿＿＿＿

しまいました。

會話練習 Exercise 4

▶ 請依自己的情況回答下面問題。

① もしタイムマシンがあったら何(なに)をしてみたいですか。

例 もしタイムマシンがあったら、未来(みらい)の自分(じぶん)に会(あ)ってみたいです。

____

② 将来(しょうらい)の計画(けいかく)を教(おし)えてください。
（卒業(そつぎょう)したら, 就職(しゅうしょく)したら, 結婚(けっこん)したら, ○年生(ねんせい)になったら, ○○歳(さい)になったら…）

例 就職(しゅうしょく)したら、一人暮(ひとりぐ)らしを始(はじ)めます。

____

③ 最近(さいきん)、どんな失敗(しっぱい)をしましたか。

例 授業(じゅぎょう)に遅刻(ちこく)してしまいました。

____

閱讀練習 Reading

015

将来(しょうらい)の夢(ゆめ)

卒業(そつぎょう)したら、大学院(だいがくいん)に進(すす)んで、宇宙工学(うちゅうこうがく)を研究(けんきゅう)するつもりです。宇宙工学(うちゅうこうがく)を勉強(べんきょう)して、NASAに就職(しゅうしょく)したいです。

将来(しょうらい)、人々(ひとびと)は宇宙旅行(うちゅうりょこう)に行(い)くことができるでしょう。宇宙(うちゅう)で無重力(むじゅうりょく)を体験(たいけん)したら、きっと楽(たの)しいでしょう。

だから、私(わたし)は宇宙旅行(うちゅうりょこう)の会社(かいしゃ)に入(はい)りたいです。人々(ひとびと)の宇宙旅行(うちゅうりょこう)の夢(ゆめ)を叶(かな)えたいです。できたら、自分(じぶん)も宇宙旅行(うちゅうりょこう)に行(い)きたいです。地球(ちきゅう)の周(まわ)りをまわりながら、宇宙(うちゅう)から青(あお)い地球(ちきゅう)を眺(なが)めたいです。一日(いちにち)に何回(なんかい)も宇宙(うちゅう)で日(ひ)の出(で)を迎(むか)えられたら、どんなに幸(しあわ)せでしょう。

そして、宇宙人(うちゅうじん)に会(あ)えたらうれしいです。

Tip

「普通形＋でしょう」表示推測，顯示委婉的口氣。

寫作練習 ………………………………… Writing

▶ 請參考〔閱讀練習〕練習描寫自己未來的希望或計劃等等。

挑戰 JLPT ……………………………… Actual practice

問題1　（　　　）に なにを いれますか。①・②・③・④から いちばん いい ものを ひとつ えらんで ください。

1 今日(きょう)も また ちこくして（　　　）。

① あけた　② あいた　③ しめた　④ しまった

2 駅(えき)に（　　　）電話(でんわ)して ください。

① つくと　② つけば　③ ついたら　④ つくなら

問題2 つぎの ことばの つかいかたで いちばん いい ものを ①・②・③・④から ひとつ えらんで ください。

3 もし

① つぎは もし かちます。

② もし 雨(あめ)が 降(ふ)るかも 知(し)れません。

③ もし よかったら 遊(あそ)びに 来(き)て ください。

④ この 本(ほん)は もし おもしろいと 思(おも)います。

4 しっぱい

① 今日(きょう)の 試合(しあい)は 3 対(たい) 0で しっぱいしました。

② 反則(はんそく)ばかり する 人(ひと)は 選手(せんしゅ) しっぱいです。

③ 今日(きょう)は 仕事(しごと)で しっぱいを たくさん して しまいました。

④ 私(わたし)が 応援(おうえん)して いる チームは 現在(げんざい) しっぱいちゅうです。

問題3 ＿★＿ に はいる ものは どれですか。①・②・③・④から いちばん いい ものを ひとつ えらんで ください。

5 きのう、学校(がっこう)で＿＿＿ ＿★＿ ＿＿＿ ＿＿＿。

① けいたいを　② しまいました　③ さいふと　④ なくして

生活字彙 …………………………… Vocabulary

宇宙（うちゅう） 宇宙

天体（てんたい）
天體

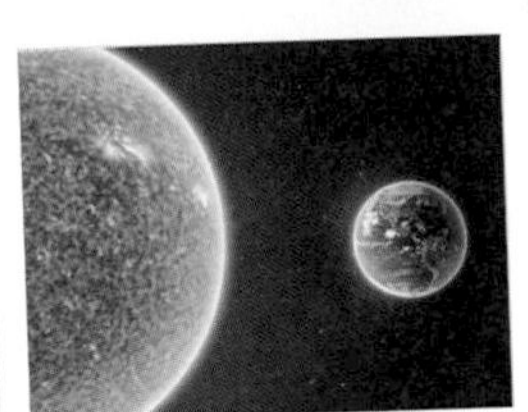

地球（ちきゅう）／太陽（たいよう）
地球／太陽

惑星（わくせい）／小惑星（しょうわくせい）
行星／小行星

彗星（すいせい）
慧星

隕石（いんせき）
隕石

天の川（あまのがわ）／銀河（ぎんが）
銀河

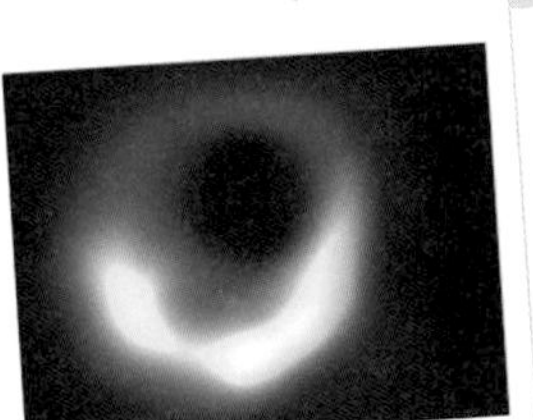

ブラック・ホール
黑洞

タイムマシン
時間機器

人工衛星（じんこうえいせい）
人造衛星

宇宙飛行士（うちゅうひこうし）
太空人

宇宙人（うちゅうじん）
外星人

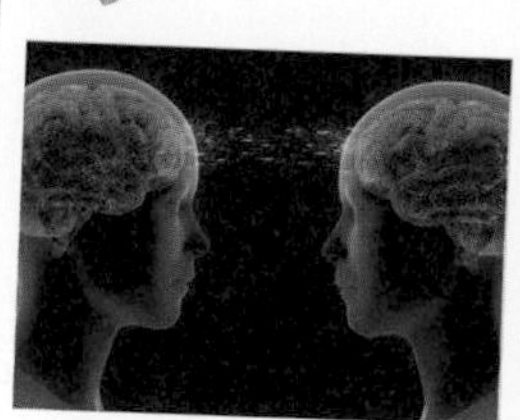

テレパシー
心電感應

Lesson 33

私(わたし)が開(あ)けておきました。

我先打開了。

point

01 ～ておく　事先做～

02 自動詞／他動詞

03 ～がする　感到～；感覺～

假名	漢字／原文	中譯
よやくします	予約します	預約【予約するⅢ】
つたえます	伝えます	傳達；告訴【伝えるⅡ】
やめます	止めます／辞めます * 旅行を止めます * 仕事を辞めます	放棄；停止 【止める／辞めるⅡ】 * 放棄旅行 * 辭去工作
あきます	開きます	（門）開【開くⅠ】
しまります	閉まります	（門）關【閉まるⅠ】
しめます	閉めます	關（門）【閉めるⅡ】
つきます	付きます	（燈）開著【付くⅠ】
きえます	消えます	（燈）關著【消えるⅡ】
なおります	直ります	修好【直るⅠ】
なおします	直します	修理【直すⅠ】
こわれます	壊れます	壞了【壊れるⅡ】
あつまります	集まります	集合【集まるⅠ】
あつめます	集めます	收集【集めるⅡ】
かわります	変わります	改變【変わるⅠ】
かえます	変えます	改變【変えるⅡ】
ふくしゅうします	復習します	復習【復習するⅢ】
よいどめ	酔い止め	止吐藥
しょっき	食器	餐具
ドア	door	門
でんき	電気	電燈

かたち	形	形狀
くらい	暗い	暗的
カーテン	curtain	窗簾
そろそろ		差不多就要～
こうがくぶ	工学部	工程學院；學系
き	気 * 気が変わる	心情 * 改變心意
ホット	hot	熱的
きんこ	金庫	金庫
カレー	curry	咖哩
におい	匂い	味道（嗅覺）
おおきな	大きな	大的
おと	音	（物品等發出的）聲音
あじ	味	味道（味覺）
よかん	予感	預感
つめたい	冷たい	冷的；冰的
れいぞうこ	冷蔵庫	冰箱
めんせつ	面接	面試
くに	国	國家
クーラー	cooler	冷氣
かおり	香り	香氣
こうつう	交通	交通
さむけ	寒気	發冷

單字 Vocabulary

はきけ	吐き気	噁心；想吐
えがお	笑顔	笑容
こえ	声	（人、動物等發出的）聲音

へん（な）	変（な）	奇怪的

たきます	炊きます	煮飯【炊くⅠ】
メモ	memo	筆記
いや（な）	嫌（な）	不喜歡的；不願意的
ようじ	用事	有事
ぎゅうにく	牛肉	牛肉
れいとうこ	冷凍庫	冷凍庫
（お）こめ	（お）米	米
～ごう	～合	～杯
テーブル	table	桌子
リビング	living room	客廳（「リビングルーム」的略語）
まんなか	真ん中	中間
いじょう	以上	以上

會話 …………………………………… Dialogue

017

藤田(ふじた)　あ、窓(まど)が開(あ)いていますね。

柳(りゅう)　すみません、私(わたし)が開(あ)けておきました。ちょっと変(へん)な匂(にお)いがして。

藤田(ふじた)　そうですか。じゃあ、もう少(すこ)し開(あ)けておきましょうか。

柳(りゅう)　いえ、もう匂(にお)いもしないので閉(し)めてください。

藤田(ふじた)　はい。あれ？うまく閉(し)まりませんね。

柳(りゅう)　変(へん)ですね。昨日(きのう)、直(なお)しておいたんですけど。

學習重點

 018

01 ～Vておく　事先做～；臨時措施；保留狀態

» 買(か)う → 買(か)っておきます。

【例句】

❶ 今晩(こんばん)行(い)くお店(みせ)は、もう予約(よやく)しておきました。

❷ 船(ふね)に乗(の)る前(まえ)に、酔(よ)い止(ど)めを飲(の)んでおいてください。

❸ 来週(らいしゅう)の予定(よてい)を覚(おぼ)えておいてください。

❹ 食器(しょっき)を使(つか)ったら、洗(あら)っておいてください。

❺ その話(はなし)は、私(わたし)が先輩(せんぱい)に伝(つた)えておきます。

❻ 今回(こんかい)の旅行(りょこう)はやめておきます。

❼ 暑(あつ)いですから、窓(まど)を開(あ)けておいてください。

Tip

「～ておく」有下列用法：

❶在～之前做～。或是預先為下次的事情做好某準備。

❷當下採取臨時的措施。

❸將「結果狀態」一直保持下去。在口語會話中，常縮寫成「～とく」。

 019

02 自動詞／他動詞

自動詞	他動詞	自動詞	他動詞
ドアが開(あ)く	ドアを開(あ)ける	窓(まど)が閉(し)まる	窓(まど)を閉(し)める
テレビがつく	テレビをつける	電気(でんき)が消(き)える	電気(でんき)を消(け)す
パソコンが直(なお)る	パソコンを直(なお)す	スマホが壊(こわ)れる	スマホを壊(こわ)す
お金(かね)が入(はい)る	お金(かね)を入(い)れる	人(ひと)が集(あつ)まる	人(ひと)を集(あつ)める
授業(じゅぎょう)が始(はじ)まる	授業(じゅぎょう)を始(はじ)める	形(かたち)が変(か)わる	形(かたち)を変(か)える

Tip

日語的動詞有分作自動詞和他動詞兩種。一般來説，前面有助詞「が」的話就後接**自動詞**；前面有助詞「を」的話就後接**他動詞**。

自動詞和他動詞的型態，很多都很相似，剛開始學習時很容易分不清楚，重複練習一段時間後，不知不覺就會熟悉了。

【例句】

1. ちょっと暗(くら)いですね。カーテンを開(あ)けてください。
2. 誰(だれ)もいませんが、部屋(へや)の電気(でんき)がついています。
3. 早(はや)く行(い)きましょう。そろそろコンサートが始(はじ)まりますよ。
4. 工学部(こうがくぶ)の友達(ともだち)がスピーカーを直(なお)してくれました。

5 すみませんが、気(き)が変(か)わりました。ホットにします。

6 大事(だいじ)な物(もの)は金庫(きんこ)に入(い)れてください。

 020

03 Nがする　感到～；感覺～

1 カレーのいい匂(にお)いがしますね。

2 隣(となり)の部屋(へや)から大(おお)きな音(おと)がしました。

3 どんな味(あじ)がするんでしょうか。食(た)べてみたいです。

4 ちょっと悪(わる)い予感(よかん)がします。試験(しけん)に落(お)ちるかもしれません。

練習 1 ········· Exercise 1

▶ 請依下方例句完成句子。

例

勉強します

来週試験があるので、勉強しておきます。

❶ 冷たい方がおいしいので、

冷蔵庫に ____________________。

入れます

❷ 明日は大事な面接なので、

十分 ____________________。

寝ます

❸ 旅行に行く前に、その国の言葉を

____________________。

学びます

❹ お客さんが来るので、

____________________。

掃除します

練習 2 ……………………………… Exercise 2

▶ 請依下方例句完成句子。

例

開(あ)きます／開(あ)けます

→ ドアを開(あ)けてください。

❶ 閉(し)まります／閉(し)めます

→ 窓(まど)が＿＿＿＿＿＿＿＿います。

❷ つきます／つけます

→ クーラーを＿＿＿＿＿＿ください。

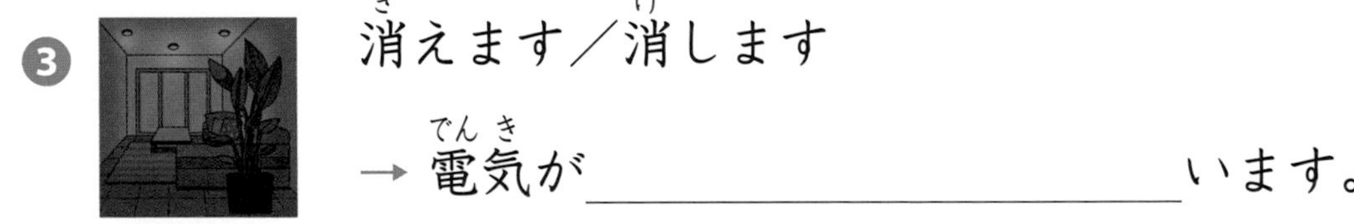

❸ 消(き)えます／消(け)します

→ 電気(でんき)が＿＿＿＿＿＿＿＿います。

❹ 始(はじ)まります／始(はじ)めます

→ 試験(しけん)を＿＿＿＿＿＿＿ください。

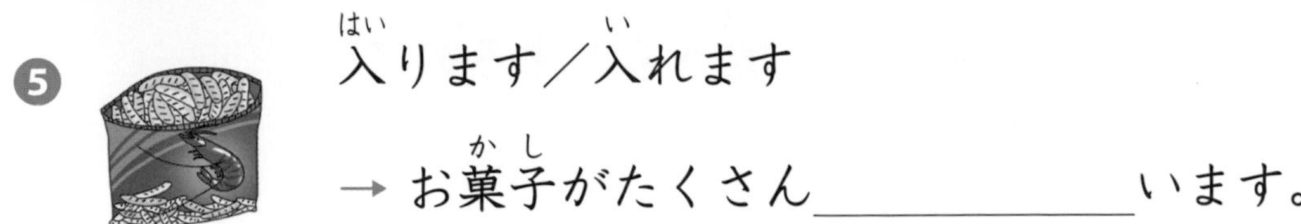

❺ 入(はい)ります／入(い)れます

→ お菓子(かし)がたくさん＿＿＿＿＿います。

練習 3 …………………………………… Exercise 3

▶ 請從下方欄位中選出適合的單字填入空格。

例　コーヒーのいい香り（かお）がしますね。

❶ ちょっと熱（ねつ）があるみたいです。少（すこ）し＿＿＿＿＿＿がします。

❷ 交通事故（こうつうじこ）でしょうか。すごい＿＿＿＿＿＿がしましたよ。

❸ 朝（あさ）から＿＿＿＿＿＿がして、何（なに）も食（た）べられません。

❹ 変（へん）な＿＿＿＿＿＿がしますね。このサラダ大丈夫（だいじょうぶ）ですか。

❺ 今日（きょう）は、何（なに）かいいことがありそうな＿＿＿＿＿＿がします。

気（き）	香り（かお）（例）	音（おと）	寒気（さむけ）	味（あじ）	吐き気（はけ）

會話練習 Exercise 4

▶ 請依下方提問和例句練習回答。

① 海外旅行に行く前に、どんな準備をしておきますか。

例 パスポートを作っておきます。

---

② 明日、大事な面接があります。何をしておきますか。

例 笑顔の練習をしておきます。

---

③ 寒気がする時／吐き気がする時、どうしますか。

例 寒気がする時は、家に帰って寝ます。

---

④ 今、周りでどんな音がしますか。

例 先生の声がします。／何の音もしません。

閱讀練習 ······························· Reading

 021

母(はは)からのメモ

家(いえ)に帰(かえ)ったら、母(はは)からのメモがありました。少(すこ)し嫌(いや)な予感(よかん)がしました。

「今晩(こんばん)、お父(とう)さんのお誕生日(たんじょうび)パーティーをするよ！おじいちゃんもおばんちゃんも来(く)るから、準備(じゅんび)しておいてくれる？ごめんね。急(きゅう)な用事(ようじ)があって準備(じゅんび)できなくなった。よろしく！」

❶ 部屋(へや)を掃除(そうじ)しておいてね。

❷ ジュースやビールを全部(ぜんぶ)冷蔵庫(れいぞうこ)に入(い)れておいてね。

❸ 料理(りょうり)に使(つか)う牛肉(ぎゅうにく)を冷凍庫(れいとうこ)から出(だ)しておいてね。

❹ お米(こめ)を5合(ごう)炊(た)いておいてね。

❺ テーブルをリビングの真(ま)ん中(なか)に置(お)いておいてね。

以上(いじょう)！

寫作練習 Writing

▶ 請參考〔閱讀練習〕，利用「留言」的形式，寫下要求別人事先做某事。

挑戰 JLPT ………………………… Actual practice

問題 1　（　　　）に なにを いれますか。①・②・③・④から いちばん いい ものを ひとつ えらんで ください。

1 昨日（きのう）、習（なら）った ところを 復習（ふくしゅう）（　　　）おきました。

① する　② すれ　③ した　④ して

2 この ラジオ、（　　　）いますよ。音（おと）が ぜんぜん 聞（き）こえません。

① こわして　② こわって　③ こわれて　④ こわれって

問題 2　つぎの ことばの つかいかたで いちばん いい ものを ①・②・③・④から ひとつ えらんで ください。

3 味（みじ）

① 公園（こうえん）から花（はな）のいい味（あじ）がします

② 朝（あさ）から変（へん）な味（あじ）がします。

③ このスープはとてもいい味（あじ）がします。

④ となりの部屋（へや）から濃（こ）い味（あじ）がしました。

問題 3　_____の ぶんと だいたい おなじ いみの ぶんが あります。①・②・③・④から いちばん いい ものを ひとつ えらんで ください。

4 <u>窓（まど）を閉（し）めました</u>。

① 窓（まど）を開（あ）いています。　② 窓（まど）が閉（し）まっています。

③ 窓（まど）が閉（し）めています。　④ 窓（まど）が開（あ）けます。

問題 4　__★__ に はいる ものは どれですか。①・②・③・④から いちばん いい ものを ひとつ えらんで ください。

5 キッチンの ほうから_____ __★__ _____ _____。

① して　② においが　③ いい　④ きました

生活字彙 ……………………………… Vocabulary

家の構成（いえのこうせい） 家的架構

洋室（ようしつ）／和室（わしつ）
西式房間／日式房間

リビング（ルーム）
西式客廳

ダイニング（ルーム）
西式飯廳

バルコニー
露台

ベランダ
陽台

間取り（まどり）
隔間

座敷（ざしき）
客廳（招待客人的房間）

居間（いま）
客廳（家人聚集時使用的房間）

床の間（とこのま）
壁龕

縁側（えんがわ）
房子緣廊

障子（しょうじ）
透光日式拉門

ふすま
日式拉門

Lesson 34

試験勉強(しけんべんきょう)をしようと思(おも)います。

我想要做考試準備。

point

01 動詞「意向形」活用的變化

02 ～（よ）うと思います　想要做～

03 ～つもり　打算做～

04 ～予定(よてい)　預定～

假名	漢字／原文	中譯
かちます	勝ちます	贏；勝利【勝つⅠ】
ゆっくりします		放鬆【ゆっくりするⅢ】
つづけます	続けます	繼續【続けるⅡ】
さんかします	参加します	參加【参加するⅢ】
つかれます	疲れます	疲累【疲れるⅡ】
たまります	貯まります	積存【貯まるⅠ】
しあい	試合	（運動…）比賽
ぜったい	絶対	絕對
かぎ	鍵	鑰匙
かいがい	海外	海外
もっと		更
～いっぱい		（時間…）最大限度；充滿
いなか	田舎	家鄉；鄉下

しけんべんきょう	試験勉強	準備考試；K書
おたがい	お互い	互相

せんこうします	専攻します	專攻；專修【専攻するⅢ】
かんがえます	考えます	思考；考慮【考えるⅡ】
かんせいします	完成します	完成【完成するⅢ】
がんしょ	願書	入學申請書
しんりがく	心理学	心理學
やはり		還是
ほんば	本場	正宗
おさない	幼い	幼小的

會話 ………………………………………… Dialogue

023

後藤(ごとう)　高君(こうくん)、明日何(あしたなに)か予定(よてい)ある？

高(こう)　あ、先輩(せんぱい)。明日(あした)は試験勉強(しけんべんきょう)をしようと思(おも)います。

後藤(ごとう)　じゃあ、一緒(いっしょ)にしよう。私(わたし)も来週試験(らいしゅうしけん)だから。

高(こう)　いいですね。お互(たが)いわからないところがあったら聞(き)けますね。

後藤(ごとう)　うん、そうだね。何時(なんじ)にする？

高(こう)　僕(ぼく)は朝(あさ)から勉強(べんきょう)するつもりですけど。

後藤(ごとう)　じゃあ、9時(じ)に駅前(えきまえ)で会(あ)って、近(ちか)くのカフェに行(い)こう。

學習重點 Grammar

 024

01 動詞「意向形」活用的變化

第Ⅰ類動詞（五段動詞）	將「-iます」改成「-oう」。 ・いきます →いこう （行く→行こう） ・のみます →のもう （飲む→飲もう） ・つくります →つくろう （作る→作ろう）
第Ⅱ類動詞（上・下一段動詞）	去掉「ます」後，再加上「よう」。 ・みます →みよう （見る→見よう） ・たべます →たべよう （食べる→食べよう）
第Ⅲ類動詞（變格動詞）	不規則變化。 ・します →しよう （する→しよう） ・きます →こよう （来る→来よう）

▶動詞變化練習

ます形	分類	意向形	ます形	分類	意向形
買います	Ⅰ		泳ぎます	Ⅰ	
着ます	Ⅱ		来ます	Ⅲ	
待ちます	Ⅰ		歌います	Ⅰ	
します	Ⅲ		働きます	Ⅰ	
読みます	Ⅰ		食べます	Ⅱ	

❶ 一緒にごはん食べに行こう。

❷ 今度の試合、絶対勝とう。

❸ 今日は寿司食べようか。

❹ 12時か。そろそろ寝ようかな。

❺ あれ、部屋のかぎがない。どうしよう。

Tip

「意向形」也稱作「意志形」、「意量形」。

Tip

兩個人對話時，有時會像例句①②表示勸誘；有時會像例句③加上「か」，表示詢問對方的意願。

另外像例句④一個人獨白時，也會加上「か」或「かな」，這時按「Vよう→Vようか→Vようかな」順序，表示決心的程度越來越弱。

學習重點

 025

02　～【意向形】と思(おも)います　想要做～

» V（よ）う＋と思います

→ 買(か)おうと思(おも)います

→ 食(た)べようと思(おも)います

→ しようと思(おも)います

> **Tip**
> 表意志一直持續著，就用「～と思っている」來表達。

【例句】

❶ 明日(あした)は家(いえ)でゆっくりしようと思(おも)う。

❷ 次(つぎ)はもっと頑張(がんば)ろうと思(おも)います。

❸ 今(いま)の仕事(しごと)をずっと続(つづ)けようとは思(おも)いません。

❹ 卒業(そつぎょう)したら、海外(かいがい)の大学(だいがく)に留学(りゅうがく)しようと思(おも)っています。

026

03 ～つもり　打算做～

» Vる+つもり　→ 行(い)くつもりです。

» V-ない+つもり　→ 行(い)かないつもりです。

Tip
「～つもり」和「Vようと思う」意思相似，但它還含有意志更堅決、堅定的含意。也可以用來表示第三者的意願。

【例句】

1. 週末(しゅうまつ)は何(なに)をするつもりですか。
2. 日本(にほん)の会社(かいしゃ)に就職(しゅうしょく)するつもりです。
3. 明日(あした)のパーティは参加(さんか)しないつもりです。
4. 今年(ことし)いっぱいで仕事(しごと)をやめるつもりです。

027

04 ～予定(よてい)　預定做～，安排好要～

» Vる　+予定　→ 買(か)う予定(よてい)です。

» N+の　+予定　→ 旅行(りょこう)の予定(よてい)です

Tip
「～予定」表示「計畫中打算做～」。

【例句】

1. 週末(しゅうまつ)は新(あたら)しいパソコンを買(か)う予定(よてい)です。
2. 今年(ことし)の夏(なつ)、どこへ行(い)く予定(よてい)ですか。
3. 来月(らいげつ)、アメリカへ出張(しゅっちょう)する予定(よてい)です。
4. 今夜(こんや)の予定(よてい)はどうですか。

練習 1 ································ Exercise 1

▶ 請依下方例句完成句子。

例

行(い)きます

早(はや)く＿行(い)こう＿。

❶ 今日(きょう)は、外(そと)で＿＿＿＿＿＿＿＿。

食(た)べます

❷ 

帰(かえ)ります

そろそろ＿＿＿＿＿＿＿＿。

❸ 

休(やす)みます

疲(つか)れたね。ちょっと＿＿＿＿＿＿か。

❹ 

入(はい)ります

あの店(みせ)に＿＿＿＿＿＿＿＿か。

練習 2 Exercise 2

▶ 請依下方例句完成句子。

例

携帯（けいたい） 買（か）います

来月（らいげつ）、新（あたら）しい携帯（けいたい）を買（か）おうと思（おも）います。
携帯（けいたい）を買（か）うつもりです。
携帯（けいたい）を買（か）う予定（よてい）です。

❶ 田舎（いなか）　帰（かえ）ります

卒業（そつぎょう）したら、＿＿＿＿＿＿＿＿＿＿。
＿＿＿＿＿＿＿＿＿＿＿＿＿＿＿＿＿＿。
＿＿＿＿＿＿＿＿＿＿＿＿＿＿＿＿＿＿。

❷ アルバイト　やめます

忙（いそが）しくなったから、＿＿＿＿＿＿＿＿。
＿＿＿＿＿＿＿＿＿＿＿＿＿＿＿＿＿＿。
＿＿＿＿＿＿＿＿＿＿＿＿＿＿＿＿＿＿。

❸ JLPT　受（う）けます

来年（らいねん）、＿＿＿＿＿＿＿＿＿＿＿＿＿＿。
＿＿＿＿＿＿＿＿＿＿＿＿＿＿＿＿＿＿。
＿＿＿＿＿＿＿＿＿＿＿＿＿＿＿＿＿＿。

❹ 彼女（かのじょ）　結婚（けっこん）します

お金（かね）が貯（た）まったら、＿＿＿＿＿＿＿＿。
＿＿＿＿＿＿＿＿＿＿＿＿＿＿＿＿＿＿。
＿＿＿＿＿＿＿＿＿＿＿＿＿＿＿＿＿＿。

會話練習 Exercise 3

▶ 請依自己的情況回答下面問題。

① 今度(こんど)の週末(しゅうまつ)は何(なに)をしますか。(つもり)

例 一日中(いちにちじゅう)寝(ね)るつもりです。

____

② 夏休(なつやす)み/冬休(ふゆやす)みはどう過(す)ごしますか。(つもり)

例 海外旅行(かいがいりょこう)に行(い)こうと思(おも)っています。

____

③ 卒業(そつぎょう)したら、どうしますか。(つもり)

例 大学院(だいがくいん)に行(い)くつもりです。

____

閱讀練習 Reading

 028

卒業後の計画

私は来年3月に大学を卒業する予定です。卒業したら、まず実家に帰って少し休もうと思います。1か月くらいゆっくりしたいです。

今は卒業論文を一生懸命書いています。大変ですが、書きながら「もっと勉強しよう」と思いました。だから、これから大学院に入る準備をしようと思います。アメリカの大学院に願書を出すつもりです。

大学では心理学を専攻していて、アメリカの大学院でも心理学を専攻するつもりです。日本の大学院も考えましたが、やはり心理学の本場はアメリカです。また、アメリカ留学は私の幼い頃からの夢でした。

しかし、論文もまだ完成していません*から、これからも頑張ろうと思います。

Tip

「まだ＋Ｖていません」表示「還沒～」。例：まだご飯を食べていません。（還沒吃飯。）

寫作練習 Writing

▶ 請參考〔閱讀練習〕試著寫下自己未來的夢想或計劃。

挑戦 JLPT …………………………… Actual practice

問題 1　（　　　）に なにを いれますか。①・②・③・④から いちばん いい ものを ひとつ えらんで ください。

1　来年(らいねん)、結婚(けっこん)する（　　　）です。

①　ともり　　②　とまり　　③　つもり　　④　つまり

2　今日(きょう)の 夜(よる)は 肉(にく)を（　　　）。

①　食(た)べよう　　②　食(た)べろう　　③　食(た)べしよう　　④　食(た)べりろう

問題 2　つぎの ことばの つかいかたで いちばん いい ものを ①・②・③・④から ひとつ えらんで ください。

3　やめる

①　今日(きょう)から タバコを やめます。

②　まいにち 会社(かいしゃ)に やめて います。

③　夜(よる)おそくまで おさけを やめました。

④　どの 大学(だいがく)に やめるか まよって います。

挑戰 JLPT …………………………… Actual practice

問題3 ＿＿＿の ぶんと だいたい おなじ いみの ぶんが あります。①・②・③・④から いちばん いい ものを ひとつ えらんで ください。

4 <u>夏休(なつやす)みは パン屋(や)で アルバイトを する つもりです。</u>

① 夏休(なつやす)みは パン屋(や)で アルバイトを したいです。

② 夏休(なつやす)みは パン屋(や)で アルバイトを しようと 思(おも)います。

③ 夏休(なつやす)みは パン屋(や)で アルバイトを するかも しれません。

④ 夏休(なつやす)みは パン屋(や)で アルバイトを する ことに なりました。

問題4 ＿★＿に はいる ものは どれですか。①・②・③・④から いちばん いい ものを ひとつ えらんで ください。

5 次(つぎ)の休(やす)みには＿＿＿ ＿＿＿ ＿★＿ ＿＿＿。

① 帰(かえ)ろう　② 思(おも)います　③ と　④ 日本(にほん)へ

▶青森ねぶた祭り（睡魔祭）

日本以祭典眾多而聞名，一年裡，日本全國各地會有各式各樣的祭典舉行。在這裡，我想介紹一下首屈一指、也是最熱鬧的「**青森ねぶた祭り**」（青森睡魔祭）。「睡魔祭」是日本東北青森縣每年八月初所舉行的夏季祭典，在祭典舉行期間，會有日本國內外將近200多萬的觀光客湧入，是個相當大型的活動。

用竹子或鐵絲綁成骨架，再在骨架上貼上一層紙，做成形形色色的巨大紙偶，這紙偶就是所謂的「睡魔」。每年會有許多由「睡魔」和穿著傳統服裝的「**跳人**」所組成的「睡魔隊伍」按照規定的路線遊行。大多數觀光客都是在一旁觀賞睡魔隊伍遊行，但若想要更進一步感受歡樂氣氛，穿上「跳人」的服裝加入遊行隊伍親身體驗一下，將更令人難忘。

不論是不是當地居民，也不論年齡或國籍，只要穿上「跳人」的服裝，手裡拿著鈴鐺，就能跟大家一起一面喊著「啦咻啦～啦咻啦！」，一面興高采烈地跳舞遊行。在遊行的過程中不知不覺地和陌生人也熟稔了起來，同時也感受到了團體的歸屬感。

「跳人」的服裝在市區裡很多地方都可以租到，付一點點費用不必準備任何東西，立刻就能參與遊行。下次去的話不要只是在一旁觀看遊行，穿上日本傳統服裝成為「跳人」，親身參與體會這個祭典，將會留下更深刻的回憶。

每年8月上旬在日本東北地區舉行的大規模祭典，除了「睡魔祭」之外，還有仙台的「七夕まつり」（七夕祭）、秋田的「竿灯まつり」（竿燈祭），這些祭典也相當有名，這三個大規模祭典被稱作「東北三大祭」。參加東北地區的八月祭典，大家一起度過炎熱的夏天，會是相當有趣的體驗喲！

生活字彙 Vocabulary

大学（だいがく） 大學

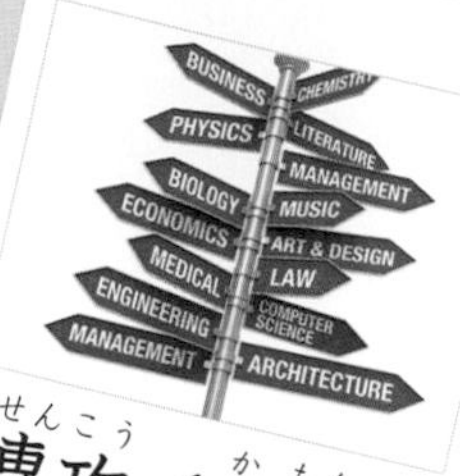

専攻（せんこう）（科目（かもく））
專攻科目

講義（こうぎ）を聞（き）く／授業（じゅぎょう）を受（う）ける
上課

出席（しゅっせき）を取（と）る
點名

～先生（せんせい）の授業（じゅぎょう）を取（と）る
修～老師的課

授業（じゅぎょう）を休（やす）む／サボる
沒來上課／翹課

休講（きゅうこう）になる
停課

～先生（せんせい）のセミに入（はい）る
修～老師的專題討論課

単位（たんい）を取（と）る
修學分

単位（たんい）を落（お）とす
當掉，沒拿到學分

大学院（だいがくいん）
研究所

前期（ぜんき）／後期（こうき）
前期、上半期／後期、下學期

1限（げん）／2限（げん）
第一堂課／第二堂課

Lesson 35

もう少し行くと、なべ料理のお店があります。

再過去一點，有家火鍋店。

point

01 ～になる／～くなる　變成～

02 ～と　【條件句】

03 ～らしい　【比喻】

04 ～代わりに　代替～

假名	漢字／原文	中譯
つぎます * あと を つぎます	継ぎます * 跡を継ぎます	繼承【跡を継ぐⅠ】 繼承家業
おします	押します	按；壓；推【押すⅠ】
はら * はらがたちます	腹 * 腹が立ちます	肚子；心情 * 生氣【腹が立つⅠ】
しゅっきんします	出勤します	上班【出勤するⅢ】
はなしかけます	話しかけます	跟～說話【話しかけるⅡ】
こたえます	答えます	回答【答えるⅡ】
いきます	生きます	活【生きるⅡ】
さがします	探します	尋找【探すⅠ】
くらべます	比べます	比較【比べるⅡ】
ふえます	増えます	增加【増えるⅡ】
おとな	大人	大人
はいゆう	俳優	演員
あさドラ	朝ドラ	晨間連續劇
てんこう	天候	天氣
えいきょう	影響	影響
しつど	湿度	濕度
ボタン	botão	按鈕
おつり	お釣り	找的零錢
せんざい	洗剤	洗衣精
こたつ	炬燵	日式暖爐桌

かわり	代わり	代替
おかねもち	お金持ち	富有的人
はし	橋	橋
モノレール	monorail	單軌電車
こうよう	紅葉	紅葉
かぜ	風	風
すずしい	涼しい	涼的
いっしゅう	一周	繞一圈
いぜん	以前	以前
かみ	髪	頭髮
いちば	市場	傳統市場

パスタや	pasta屋	義大利麵店
にんき	人気	人氣
なべ	鍋	火鍋；鍋子

さきます	咲きます	開花【咲くⅠ】
たのしみます	楽しみます	能享受【楽しむⅠ】
しき	四季	四季
あたたかい	暖かい	暖和的
はなみ	花見	賞花
まいとし	毎年	毎年
き	木	樹

單字 Vocabulary

つゆ	梅雨	梅雨期
ほんかくてき（な）	本格的（な）	真正的；正式的
なつまつり	夏祭り	夏天祭典
やきそば	焼きそば	炒麵
かきごおり	かき氷	刨冰；剉冰
さんま	秋刀魚	秋刀魚
くり	栗	栗子
いがい	以外	以外
ふうけい	風景	風景
くうき	空気	空氣
さわやか（な）	爽やか（な）	清爽的
ていえん	庭園	日式庭院
いつのまにか		不知不覺之間

會話 …………………………………………… Dialogue

030

張（ちょう）　だいぶあったかくなりましたね。

村上（むらかみ）　うん、春（はる）らしい天気（てんき）だね。

あ、このパスタ屋（や）さん、すごい人（ひと）。

張（ちょう）　ここは人気（にんき）のお店（みせ）で、お昼（ひる）になると、いつもお客（きゃく）さんでいっぱいです。

村上（むらかみ）　へえ、いいねえ。

でも、パスタの代（か）わりに、今日（きょう）は暖（あたた）かいものが食（た）べたいなあ。

張（ちょう）　もう少（すこ）し行（い）くと、なべ料理（りょうり）のお店（みせ）がありますよ。

村上（むらかみ）　うん、じゃあ、そこにしよう。

Tip

「暖（あたた）かい」（溫暖的）在口語會話中時常會用「あったかい」來表達。

學習重點

 031

01 ～になる／～くなる　變成～

>> N／な形容詞+になる

- 大人(おとな) → 大人(おとな)になりました。
- 便利(べんり)だ → 便利(べんり)になりました。

>> い形容詞~~い~~+くなる

- おいしい → おいしくなりました。

【例句】

1. あの俳優(はいゆう)は朝(あさ)ドラに出(で)てから、有名(ゆうめい)になりました。
2. 天候(てんこう)の影響(えいきょう)で、野菜(やさい)が高(たか)くなりました。
3. 父(ちち)の跡(あと)を継(つ)いで、兄(あに)が社長(しゃちょう)になりました。
4. どうしたら勉強(べんきょう)が面白(おもしろ)くなるの？
5. 夢(ゆめ)を叶(かな)えて幸(しあわ)せになりたいな。

032

02 ～と　條件句

» Vる／Vない＋と～

→ このボタンを押(お)すと～／このボタンを押(お)さないと～

» Aい／Aくない＋と～

→ おいしいと～／おいしくないと～

» Na（だ）／N（だ）＋と～

→ 便利(べんり)（だ）と～／雨(あめ)（だ）と～

Tip

「～と」的後面不能接「意志、命令、勸誘、許可、希望…」等句意，如果後面要用這些句意的話，要用「～たら」。

Tip

時常會用到「Vる＋と」這形態。「～と」表前面的內容成立時，就必然會出現後面的內容。當談話的內容是説明路線、自然現象、機械、計算、習慣、性質、情緒等，就會用到它。「～たら」也有相同的功能。

【例句】

1. 夏(なつ)になると、湿度(しつど)が高(たか)くなります。
2. ボタンを押(お)すと、お釣(つ)りが出(で)ます。
3. まっすぐ行(い)くと、公園(こうえん)があります。
4. 朝起(あさお)きると、いつも水(みず)を飲(の)みます。
5. お酒(さけ)を飲(の)むと、顔(かお)が赤(あか)くなります。
6. 名前(なまえ)を間違(まちが)えられると、腹(はら)が立(た)ちます。

學習重點

033

03 ～らしい 【比喻】很有～味道、感覺

» N+らしい → 日本人(にほんじん)らしい～

【例句】

1. さしみは日本(にほん)らしい食(た)べ物(もの)ですね。

2. だいぶ秋(あき)らしくなりましたね。

3. こたつがあって、日本(にほん)らしい部屋(へや)ですね。

4. 今日(きょう)はどうしたの。君(きみ)らしくないね。

Tip

「～らしい」要是接動詞原形，有時也表「依據所獲得的訊息而作出推測」。和上一冊提到的「～そうだ」，以及表示推測的「～ようだ」意思相近；推測的程度位在它們中間。

 034

04 ～代（か）わりに　代替～

» N＋の代（か）わりに

- パン → パンの代（か）わりに～

» Vる＋代（か）わりに

- 肉（にく）を食べる → 肉（にく）を食（た）べる代（か）わりに～

Tip

除連接名詞外，有時也能連接動詞，這時一般都接動詞的原型。

【例句】

❶ 河合先生（かわいせんせい）の代（か）わりに私（わたし）が授業（じゅぎょう）をします。

❷ 今日（きょう）はコーヒーの代（か）わりに紅茶（こうちゃ）を飲（の）みます。

❸ 今日（きょう）は夫（おっと）の代（か）わりに息子（むすこ）を連（つ）れてきました。

❹ 野菜（やさい）を食（た）べる代（か）わりに、野菜（やさい）ジュースを飲（の）んでいます。

❺ 明日休（あしたやす）む代（か）わりに日曜日（にちようび）に出勤（しゅっきん）します。

練習 1 ………………………………… Exercise 1

▶ 請依下方例句完成句子。

例

きれい

→新(あたら)しい洗剤(せんざい)を使(つか)ったら、すごく<u>きれいになりました</u>。

❶ 忙(いそが)しい

→新(あたら)しい仕事(しごと)が始(はじ)まって、だんだん

______________________________。

❷ お金持(かねも)ち

→彼(かれ)は一生懸命(いっしょうけんめい)働(はたら)いて、

______________________________。

❸ おいしい

→最近(さいきん)、コンビニの弁当(べんとう)は

______________________________。

❹ 好(す)き

→最近(さいきん)、苦手(にがて)なピアノが

______________________________。

❺ 痛(いた)い

→ 昨日(きのう)、アイスクリームを食(た)べたら、

お腹(なか)が______________________________。

練習２ ……………………………… Exercise 2

▶ 請依下方例句完成句子。

例

渡(わた)ります

この橋(はし)を<u>渡(わた)ると</u>、モノレールの駅(えき)があります。

❶

始(はじ)まります

授業(じゅぎょう)が＿＿＿＿＿＿＿＿＿＿＿＿＿、

眠(ねむ)くなります。

❷

なります

ここは秋(あき)に＿＿＿＿＿＿＿＿＿＿＿＿＿、

紅葉(こうよう)がきれいですよ。

❸

終(お)わります

学校(がっこう)が＿＿＿＿＿＿＿＿＿＿＿＿＿、

いつも友達(ともだち)と食事(しょくじ)に行(い)きます。

❹

話(はな)しかけます

このAIアプリは、＿＿＿＿＿＿＿＿＿＿＿＿＿、

何(なん)でも答(こた)えてくれます。

練習 3 ……………………………… Exercise 3

▶ 請依下方例句完成句子。

例

日本（にほん）	→ この店（みせ）には日本（にほん）らしいおみやげがたくさんあります。

1. 男（おとこ） → 彼女（かのじょ）は＿＿＿＿＿＿人（ひと）が好（す）きだそうです。

2. 北海道（ほっかいどう） → 昨日（きのう）は風（かぜ）が涼（すず）しくて、＿＿＿＿＿＿天気（てんき）でした。

3. 冬 → 風（かぜ）も冷（つめ）たくなって、だいぶ＿＿＿＿＿＿なりましたね。

4. 自分（じぶん） → 世界一周旅行（せかいいっしゅうりょこう）をして＿＿＿＿＿＿生（い）き方（かた）を探（さが）しています。

5. 夏（なつ） → 今年（ことし）の夏（なつ）は、雨（あめ）が多（おお）くて涼（すず）しいです。＿＿＿＿＿＿ないですね。

會話練習 ······························· Exercise 4

▶ 請依自己的情況回答下面問題。

① 周(まわ)りの人(ひと)は、以前(いぜん)に比(くら)べてどうなりましたか。

例1 姉(あね)は髪(かみ)が長(なが)くなりました。

例2 ○○さんは歌(うた)が上手(じょうず)になりました。

____

② 春(はる)/夏(なつ)/秋(あき)/冬(ふゆ)になると、どうなりますか。

例 春(はる)になると、虫(むし)が増(ふ)えます。

____

③ 日本(にほん)らしい、または台湾(たいわん)らしい所(ところ)（物(もの)）はどこ（何(なん)）ですか。

例1 梅干(うめぼ)しは日本(にほん)らしい食(た)べ物(もの)です。

例2 市場(いちば)は台湾(たいわん)らしい所(ところ)です。

____

閱讀練習 Reading

035

四季と私

春になって暖かくなると、外に遊びに出かけたくなります。近くの公園は桜が咲くと、花見客でいっぱいになります。毎年、家族と一緒に、桜の木の下でおいしいお弁当を食べながら花見をします。

雨が多い梅雨が過ぎると、本格的な夏です。暑くなると海や夏祭りに行きたくなります。夏祭りに行くと、いつも焼きそばやかき氷などを食べます。夏の夜はにぎやかでいいですね。

秋になると、秋刀魚や栗が食べたくなります。食べ物以外にも、私は秋らしい風景が大好きです。空気が爽やかで、気持ちよくて好きです。毎年、友達と山や日本庭園で紅葉を楽しみます。

冬は一番苦手です。寒くなると、気持ちも暗くなります。でも、冬には鍋がありますから、大丈夫です。寒い冬に暖かい鍋を食べると、気持ちも暖かくなります。

寫作練習 Writing

▶ 請參考〔閱讀練習〕練習寫下自己對四季的感想。

挑戰 JLPT

問題 1 （　　）に なにを いれますか。①・②・③・④から いちばん いい ものを ひとつ えらんで ください。

1 子ども（　　）かわいいですね。

① ようで　② そうで　③ らしくて　④ くさくて

2 大人(おとな)になったら、何(なに)（　　）なりたいですか。

① は　② が　③ に　④ へ

3 ここを（　　）水(みず)が 出(で)ます。

① おすと　② おすの　③ おした　④ おしや

問題 2 つぎの ことばの つかいかたで いちばん いい ものを ①・②・③・④から ひとつ えらんで ください。

4 だいぶ

① じゃあ、だいぶ すわりましょう。

② だいぶ あたたかく なりましたね。

③ かれとは だいぶ 会(あ)う くらいですよ。

④ 休(やす)む ときは だいぶ れんらくして ください。

問題3 ＿★＿に はいる ものは どれですか。①・②・③・④から いちばん いい ものを ひとつ えらんで ください。

5 ＿＿＿＿ ＿＿★＿＿ ＿＿＿＿ ＿＿＿＿きましたね。

① 先生（せんせい）　② だんだん　③ なって　④ らしく

コラム

▶ 31個音節裡的愛與憎

日本的詩「短歌」有超過1200年的悠久歷史，是一種廣為人知的文學形式。西元1987年，俵万智（俵萬智）的第一本短歌集《サラダ記念日》（《沙拉紀念日》，河出書房新社）成為暢銷書以後，在日本又掀起了熱愛短歌的風潮。

全世界最短的典型詩，是日本的「俳句」。感覺上，「俳句」似乎是用17個音節，5・7・5的韻律誇張地將某個美的瞬間捕捉在一張照片裡呈現出來。而「短歌」則似乎是用31個音節，5・7・5・7・7的韻律，含蓄地將一系列的事件濃縮成電影的「一幕」（shot）或「一景」（scene）呈現出來。

《沙拉紀念日》作者俵萬智，將年輕男女的愛憎、糾結、不成熟的感情，用31個音節，精巧地濃縮成了一首首的短歌。共有434篇短歌，收錄在這本書中。

「『この味がいいね』と君が言ったから七月六日はサラダ記念日」（**因為你說「這味道很好」，因此7月6日成了沙拉紀念日**），戀人說的一句話，成了輕快吟唱愛情美好的本書書名。當然本書不僅只有表達愛情的美好。

「『三十までブラブラするよ』と言う君の如何なる風景なのか私は」（**你說「三十歲前想過逍遙的生活」 究竟在你眼裡我是什麼**），因戀人無心的一句話而傷心起來；對戀人將「我」排出在他的未來之外而感到焦心。

大家都說，短歌會像種子一樣，讓人發出「啊！」這樣的內心共鳴。一面閱讀《沙拉紀念日》，就會一面很自然地在內心發出「啊！」這樣的共鳴。日語的「よむ」有兩種含意，一般都當作「読む」也就是作「唸讀」的意思解釋，有時也作「詠む」也就是「吟詠」來解釋。

「唸讀」也好，「吟詠」也好，大家不防藉著閱讀《沙拉紀念日》，一起走進短歌的有趣世界吧！

▶星新一的超短篇小說世界

說到日本的小說家，腦海中應該會浮現人氣作家「村上春樹（むらかみはるき）」，或明治時期的大文豪「夏目漱石（なつめそうせき）」吧？那麼你會浮現「星新一（ほししんいち）」（1926-1997）這位小說家的名字嗎？他是位相當知名的推理小說家，以「ショートショート」這種超短篇小說（又稱作微型小說）的形態，留下了1000多篇超短篇推理小說作品。

「ショートショート」是一種「超短篇小說」的簡稱，以頁數來說大概只有1～15頁左右，以星新一的作品來說大概是5頁左右。星新一可以說是確立「ショートショート」文學地位的第一人。

星新一文庫版的第一本自選集《ボッコちゃん》（中譯《人造美人》，新潮社，1970）可以說是進入星新一文學殿堂的入門書。接下來，就讓我們來欣賞一下，收錄在自選集中的一篇〈代客殺人業者〉中的文字片段吧。

某天早上，在一間大公司董事長N先生的面前，出現了一位自稱是「代客殺人業者」的女子。那女子說，她可以在6個月內，將誹謗N董事長的某公司老闆以偽裝成自殺的方式將其殺害。4個月後，N董事長真的聽到了該公司老闆心臟病發死亡的消息。N董事長驚訝之餘，按照約定，付錢給了該名女子…

就像這樣，他的作品會讓讀者驚訝疑惑「怎麼會這樣？」。不僅如此，結尾的部分還時常會發生大逆轉，跌破所有人的眼鏡。這個大逆轉時常含有諷刺現代社會或對未來世界作警告的意味。另外，他完全排除了具體的人名或地名，模糊化了地域性和時代性，以描寫未來的世界觀。

透過大逆轉的伏筆和結尾的重量感等等，我們可以學到寫作故事時基礎結構安排技巧，所以星新一的作品也被收錄進了國中小的國語教科書中。如此一來，星新一就被當成了日本青少年思考與寫作的導師，其作品也將永遠流傳下去。

星新一的作品文字、語法簡單，故事精簡有趣，所以我覺得非常適合拿來當作日語閱讀練習教材。大家在學習日語的時候，不妨走進星新一的新奇世界去看看，相信會有意想不到的收穫喔！

生活字彙 ………………………………… Vocabulary

季節（きせつ）イベント　季節活動

お花見（はなみ）
賞花

夏祭り（なつまつり）
夏日祭典

花火大会（はなびたいかい）
煙火大會

浴衣（ゆかた）
浴衣

海水浴（かいすいよく）
海水浴

紅葉狩り（もみじがり）
賞楓

雪（ゆき）まつり
雪祭

屋台（やたい）
路邊攤

焼（や）きそば
炒麵

綿（わた）あめ
棉花糖

りんご飴（あめ）
糖蘋果

金魚（きんぎょ）すくい
撈金魚

Lesson 36

テストがあるので、勉強（べんきょう）しています。

因為有考試，所以在唸書。

point

01 ～のは（が）～／～のを～ 【名詞化】

02 ～ので 因為～

03 ～のに 明明～

04 ～ために 為了～

單字 036

假名	漢字／原文	中譯
ねぼうします	寝坊します	睡過頭【寝坊するⅢ】
かせぎます	稼ぎます	賺錢【稼ぐⅠ】
やせます	痩せます	變瘦【痩せるⅡ】
しめます	締めます	擰；勒【締めるⅡ】
きょうりょくします	協力します	協助【協力するⅢ】
ひま（な）	暇（な）	空閒的
なんで		為什麼
えいぎょう	営業 ＊営業マン	業務人員 ＊業務（男性）
～じかん	～時間	～小時
ねっちゅうしょう	熱中症	熱衰竭；中暑
よぼう	予防	預防
すいぶん	水分	水分
やきゅう	野球	棒球
ウーロンちゃ	ウーロン茶	烏龍茶
へんじ	返事	回覆
あったかい	暖かい	溫暖的（＝あたたかい）
けんこう	健康	健康
あんぜん	安全	安全
シートベルト	seat belt	安全帶
けんきゅうしゃ	研究者	研究人員

Vocabulary

のんびりします		放輕鬆【のんびりするⅢ】
すませます	済ませます	解決【済ませるⅡ】
できごと	出来事	發生的事情
このあいだ	この間	最近；前些時候
ドライブ	drive	兜風
かいすい	海水	海水
ランチ	lunch	午餐
おしゃれ（な）	お洒落（な）	時尚漂亮的
ピザ	pizza	披薩
テラスせき	terrace席	外廊陽台座位

會話 …………………………………… Dialogue

037

近藤　明日、テストなのに勉強しなくていいんですか。

高　あ、明日のテスト、来週になったので、大丈夫です。

近藤　そうなんですか。でもゲームして（い）て、大丈夫ですか。

高　いえ、そろそろ始めます。一番になるために頑張らないと。

近藤　私も来週、中国語のテストがあるんですよ。
単語を覚えるのは大変です。

高　そうですか。わからないことがあったら、いつでも聞いてください。
私は教えるのが得意ですから！

學習重點 Grammar

038

01 ～のは（が）～／～のを～ 【名詞化】

▶ 接續方式：普通形＋の＋は／が／を

動詞	・降（ふ）るの ・降らないの ・降ったの ・降らなかったの
い形容詞	・おいしいの ・おいしく ないの ・おいしかったの ・おいしく なかったの
な形容詞	・親切（しんせつ）なの ・親切じゃ ないの ・親切だったの ・親切じゃ なかったの
名詞	・休（やす）みなの ・休みじゃ ないの ・休みだったの ・休みじゃ なかったの

【例句】

❶ 彼（かれ）は映画（えいが）を見（み）るのが好（す）きです。

❷ 昨日（きのう）来（こ）なかったのは鈴木（すずき）さんです。

❸ 家族（かぞく）で一番（いちばん）背（せ）が高（たか）いのは兄（あに）です。

❹ 四季（しき）の中（なか）で私（わたし）が一番（いちばん）好（す）きなのは秋（あき）です。

❺ この店（みせ）が水曜日（すいようび）休（やす）みなのを知（し）っていますか。

學習重點

039

02 【普通形】～ので　因為～

» 動詞／い形容詞 ＋ ので

» 名詞／な形容詞 ＋ な＋ので

> **Tip**
> 接續方式請參照P99。

> **Tip**
> 在表示原因的接續助詞中，也有「から」。「ので」感覺比「から」更正式、更莊重，所以使用「ので」時，常要搭配正式用字或敬語。
>
> 另外，除了可以接續普通形之外，也可以接「～です」「～ます」，感覺更正式、莊重。

【例句】

❶ 今日（きょう）は見（み）たいドラマがあるので、早（はや）く帰（かえ）ります。

❷ 日本語（にほんご）がわからないので、英語（えいご）で話（はな）してください。

❸ 明日（あした）、母（はは）の誕生日（たんじょうび）なので、プレゼントを買（か）いに行（い）きます。

❹ 最近（さいきん）暇（ひま）なので、友達（ともだち）と小説（しょうせつ）を書（か）いています。

 040

03 【普通形】～のに　明明～；～卻～

» 動詞／い形容詞 ＋ のに

» 名詞／な形容詞 ＋ な＋のに

Tip
接續方式請參照 P99。

【例句】

❶ 兄(あに)はパン屋(や)で働(はたら)いているのに、パンが嫌(きら)いです。

❷ 頑張(がんば)って勉強(べんきょう)したのに、テストの日(ひ)に寝坊(ねぼう)してしまいました。

❸ なんでだろう。寒(さむ)いのに、アイスクリームが食(た)べたい。

❹ あの人(ひと)は営業(えいぎょう)なのに、話(はなし)が下手(へた)です。

❺ 彼女(かのじょ)は自分(じぶん)も大変(たいへん)なのに、いつも人(ひと)のために行動(こうどう)しています。

041

03 ～ために　為了～

» Vる＋ために～ → チケットを買(か)うために～

» N＋の＋ために～ → お金(かね)のために～

【例句】

❶ 試験(しけん)に合格(ごうかく)するために、毎日(まいにち)10時間勉強(じかんべんきょう)しています。

❷ 卒業(そつぎょう)するためには、この授業(じゅぎょう)を受(う)けなければなりません。

❸ 家族(かぞく)のために、お金(かね)を稼(かせ)がないといけません。

❹ 熱中症予防(ねっちゅうしょうよぼう)のために、水分(すいぶん)をとりましょう。

Tip

如果用「～ためなら」這型態，則用來表示「為了～的話」這含意。

練習 1 ………………………………… Exercise 1

▶ 請依下方例句完成句子。

例　絵（え）をかきます

→ 彼女（かのじょ）は<u>絵（え）をかくの</u>が好（す）きです。

❶ テレビがあります

→ 一番大（いちばんおお）きい＿＿＿＿＿＿＿＿＿＿のは、どの部屋（へや）ですか。

❷ 日本語（にほんご）でレポートを書（か）きます

→ ＿＿＿＿＿＿＿＿＿＿のは難（むずか）しいです。

❸ 試験（しけん）に合格（ごうかく）しました

→ ＿＿＿＿＿＿＿＿＿＿のは、先生（せんせい）のお陰（かげ）です。

❹ おいしいものを食（た）べます

→ 色々（いろいろ）な国（くに）の＿＿＿＿＿＿＿＿＿＿のが好（す）きです。

❺ 彼女（かのじょ）にふられました

→ 鈴木君（すずきくん）が＿＿＿＿＿＿＿＿＿＿のを知（し）っていますか。

練習 2 ································ Exercise 2

▶ 請依下方例句完成句子。

例

休(やす)み	→ 明日(あした)は休(やす)みなので、家(いえ)でのんびりします。

1. 雨(あめ) → 今日(きょう)は朝(あさ)から＿＿＿＿＿＿＿、野球(やきゅう)ができません。

2. 忙(いそが)しい → 今(いま)＿＿＿＿＿＿＿、すみませんが、後(のち)ほどお電話(でんわ)しますね。

3. 食(た)べました → たくさん＿＿＿＿＿＿＿、お腹(なか)がいっぱいです。

4. 苦手(にがて) → すみません。生(なま)ものが＿＿＿＿＿＿＿、刺身(さしみ)は食(た)べられないんです。

5. 飲(の)めません → 私(わたし)はお酒(さけ)が＿＿＿＿＿＿＿、ウーロン茶(ちゃ)にします。

練習3 ………………………… Exercise 3

▶ 請依下方例句完成句子。

例

食(た)べました

→ デザートまで全部(ぜんぶ)<u>食(た)べたのに</u>、まだお腹(なか)が空(す)いています。

❶ 元気(げんき)

→ 彼(かれ)はいつも＿＿＿＿＿＿＿＿、今日(きょう)は何(なん)だか元気(げんき)がないな。

❷ 送(おく)りました

→ 一週間前(いっしゅうかんまえ)にメールを＿＿＿＿＿＿＿＿、まだ返事(へんじ)が来(き)ません。

❸ おいしい

→ これ、すごく＿＿＿＿＿＿＿＿、どうして誰(だれ)も食(た)べないの？

❹ 冬(ふゆ)

→ ＿＿＿＿＿＿＿＿、あったかくて気持(きも)ちいいなあ。

❺ 始(はじ)まりました

→ もうすぐ試験(しけん)が＿＿＿＿＿＿＿＿、まだ友達(ともだち)が来(き)ません。

練習 4 ……………………………… Exercise 4

▶ 請依下方例句完成句子。

例

痩せます／健康

痩せるために／健康のために、
毎日運動をしています。

❶

勝ちます

試合に＿＿＿＿＿＿＿＿＿＿＿＿、
一生懸命練習しています。

❷

安全

＿＿＿＿＿＿＿＿＿＿＿＿＿＿＿、
シートベルトをお締めください。

❸

なります

研究者に＿＿＿＿＿＿＿＿＿＿＿＿、
大学院に入りました。

❹

笑顔

お客さんの＿＿＿＿＿＿＿＿＿＿＿＿、
おいしい料理を作ります。

會話練習 Exercise 5

▶ 請使用ので／のに回答提問。

例 時間(じかん)がありません。

[ので] → 時間(じかん)がないので、急(いそ)ぎましょう。

[のに] → 時間(じかん)がないのに、ゆっくり歩(ある)いています。

① 新(あたら)しいスマホを買(か)いました。

[ので] → ______

[のに] → ______

② 天気(てんき)がいいです。

[ので] → ______

[のに] → ______

③ 日本人(にほんじん)です。

[ので] → ______

[のに] → ______

▶ 請依自己的情況回答下面問題。

① 何(なん)のために日本語(にほんご)を勉強(べんきょう)していますか。

例 日本人(にほんじん)の友達(ともだち)と仲良(なかよ)くなるために勉強(べんきょう)しています。

______

閱讀練習 ························ Reading

042

最近の出来事

この間の日曜日、とても天気が良かったので、家族と一緒に海にドライブに行きました。暑い日だったのに、海水は冷たかったです。娘と足だけ入りましたが、すごく気持ちよかったです。

弁当を作らなかったので、ランチは海が見えるおしゃれなカフェレストランで食べました。その店には家族の好きなピザやパスタがあって、おいしいデザートも食べられました。でも、車で行ったから、おいしいビールがあるのに飲めませんでした。そこは海が見えるテラス席もあるので、のんびりすることができました。

帰りは運転のパパ以外はみんな寝てしまいました。パパは家族のために一日頑張りました。みんな疲れたので、晩ご飯は簡単に済ませました。

寫作練習 Writing

▶ 請參考〔閱讀練習〕練習描述最近發生的事情。

挑戰 JLPT

問題 1　（　　　）に なにを いれますか。①・②・③・④から いちばん いい ものを ひとつ えらんで ください。

1 明日(あした)は 休(やす)み（　　　）会社(かいしゃ)へは 行(い)きません。

① ので　　② なので　　③ から　　④ なから

2 今日(きょう)は、冬(ふゆ)（　　　）あたたかいですね。

① けど　　② なけど　　③ のに　　④ なのに

3 試合(しあい)に（　　　）ために一生懸命練習(いっしょうけんめいれんしゅう)しました。

① 勝(か)った　　② 勝(か)ち　　③ 勝(か)つ　　④ 勝(か)て

問題 2　つぎの ことばの つかいかたで いちばん いい ものを ①・②・③・④から ひとつ えらんで ください。

4 いっぱい

① かおを いっぱいに あらいました。

② たくさん 食(た)べて おなかが いっぱいです。

③ わたしの あしは いっぱい 長(なが)く ないですよ。

④ こしが いっぱいだと うごく ことも できません。

問題３ ＿★＿ に はいる ものは どれですか。①・②・③・④から いちばん いい ものを ひとつ えらんで ください。

5 このケーキは＿＿＿ ＿★＿ ＿＿＿ ＿＿＿食(た)べないでください。

① ために
② ので
③ 買(か)った
④ お客(きゃく)さんの

生活字彙 …………………………………… Vocabulary

グルメ　美食

フルコース
套餐

オードブル／前菜（ぜんさい）
前菜

サラダ
沙拉

スープ
湯

メインディッシュ
主菜

デザート
甜點

オムライス
蛋包飯

ハンバーグ
漢堡排

エビフライ
炸蝦

クリームシチュー
奶油燉菜

グラタン
焗烤飯

ドリア
日式奶油焗飯

Lesson 37

雨(あめ)が降(ふ)るかもしれません。

或許會下雨。

point

01 〜と思う／〜と言う　我認為〜／說〜

02 〜たり〜たりする　動作列舉

03 〜ばかりだ　光是〜

04 〜ばかり　光是〜

假名	漢字／原文	中譯
こうりゅうします	交流します	交流【交流するⅢ】
こうかいします	後悔します	後悔【後悔するⅢ】
おこります	怒ります	生氣【怒るⅠ】
サボります		偷懶；缺勤；缺課【サボるⅠ】
すごします	過ごします	度過；生活【過ごすⅠ】
おどります	踊ります	跳舞【踊るⅠ】
ペット	pet	寵物
フランス	France	法國
いざかや	居酒屋	居酒屋
ヨガ	yoga	瑜伽
しょくば	職場	職場
こうどう	行動	動作；行動
ほこう	補講	補課
ひざし	日差し	陽光
みせいねん	未成年	未成年
かじ	家事	家事
どうが	動画	影片
ふまん	不満	不滿

しんぱいします	心配します	擔心【心配するⅢ】
にもつ	荷物	行李
ひつよう（な）	必要（な）	需要的
コート	coat	大衣外套

きずつけます	傷つけます	弄傷【傷つけるⅡ】
しんぱいしょう	心配性	愛操心
きが　ちいさい	気が小さい	氣量小；心眼小
こまかい	細かい	細微的；纖細的
ほか	他	其他的
にちじょうせいかつ	日常生活	日常生活
うわぎ	上着	外套
つうきん	通勤	通勤
じしん	地震	地震
スニーカー	sneaker	運動鞋
にんげんかんけい	人間関係	人際關係
きぶん	気分	心情
せいかく	性格	個性
しょうがない		無奈；沒辦法

會話 ································ Dialogue

 044

黄(こう)　ちょっと荷物(にもつ)が多(おお)すぎると思(おも)うんですが。

山口(やまぐち)　でも、今回(こんかい)の旅行(りょこう)は山(やま)へ行(い)ったり、海(うみ)へ行(い)ったりして、いろんなものが必要(ひつよう)なんです。

黄(こう)　化粧品(けしょうひん)ばかりですね。

山口(やまぐち)　違(ちが)います。雨(あめ)が降(ふ)ったり、急(きゅう)に寒(さむ)くなったりするかもしれないから、傘(かさ)もコートも持(も)って来(き)ました。

黄(こう)　でも、そんなに心配(しんぱい)してばかりいたら、旅行(りょこう)はつまらなくなりますよ。

山口(やまぐち)　でも、先生(せんせい)は「持(も)ってきて」と言(い)いましたよ。

黄(こう)　そうなんですか。

Tip

「かもしれません」時常和「もしかすると」、「もしかしたら」、「ひょっとすると」、「ひょっとしたら」一起搭配使用。

口語會話中，也會省略「しれません」，只留下「かも」。

學習重點 Grammar

045

01 ～と思う／～と言う　我認為～／說～

» V・い形（普通形）＋と思う／～と言う

→ 明日、雪が降ると思います。

→ 鈴木君は明日来ないと言いました。

» N・な形　＋だ＋と思う／～と言う

→ 明日、いい天気だと思います。

→ 先生は来週休みだと言いました。

» 【句子】＋と言う

→ 妹は「来年日本へ留学します」と言いました。

Tip

「～と思う」表示推測，或是述說意見。「～と言う」表示說話的內容。直接引用時，引用的話原封不動放入「」中表達即可。

【例句】

1. ここからMRTの駅はあまり遠くないと思います。
2. あの人は市役所で働いていると思います。
3. ペットも大事な家族だと思います。
4. 鈴木さんは静かな音楽が好きだと言いました。

5 先生(せんせい)は「明日(あした)までにレポートを出(だ)してください」と言(い)いました。

6 山田(やまだ)さんはフランスへ行(い)ったことがあると言(い)いました。

 046

02 ～たり～たり　します　動作列舉

» Vた＋り

- 食(た)べる／飲(の)む　→ 食(た)べたり飲(の)んだりします

> **Tip**
> 「～たり、～たりします」表示從進行的諸多動作中，列舉一部分的動作。

【例句】

1 昨日(きのう)は、友達(ともだち)と居酒屋(いざかや)で楽(たの)しく食(た)べたり飲(の)んだりしました。

2 暇(ひま)なとき、本(ほん)を読(よ)んだりDVDを見(み)たりするのが好(す)きです。

3 図書館(としょかん)では本(ほん)や雑誌(ざっし)を読(よ)んだり勉強(べんきょう)したりすることができます。

4 健康(けんこう)のために、ジョギングしたりヨガをしたりしています。

5 将来(しょうらい)はいろんな国(くに)を旅行(りょこう)したりいろんな国(くに)の人(ひと)たちと交流(こうりゅう)したりしたい。

047

03 ～ばかりだ　光是～；老是～

» Nばかりだ

• 女(おんな)の子(こ) → 女(おんな)の子(こ)ばかりです。

» Vて＋ばかりだ

• 寝(ね)る → 寝(ね)てばかりです。

【例句】

1. この町(まち)は、うどん屋(や)ばかりですね。
2. 私(わたし)の職場(しょくば)は自分(じぶん)より若(わか)い人(ひと)ばかりです。
3. 自分(じぶん)の行動(こうどう)に後悔(こうかい)してばかりです。
4. 最近(さいきん)疲(つか)れて、子(こ)どもに怒(おこ)ってばかりです。
5. 論文(ろんぶん)を頑張(がんば)らないといけないんですが、最近(さいきん)サボってばかりです。

Tip

比起「～だけ」表示依據事實作限定，「～ばかり」則常用在「感覺程度或分量過多時」，含有「不滿或責難」的意思。

口語會話中也會用「～ばっかり」這形態。

學習重點 Grammar

048

04 ～ばかり　光是～

» Vて＋ばかり＋いる

・寝(ね)る → 寝(ね)てばかりいます。

» N＋ばかり＋Vている

・お肉(にく)を食(た)べる→ お肉(にく)ばかり食(た)べています。

> **Tip**
> 「アニメばかり見(み)ている」：強調光是看卡通。「アニメを見(み)てばかりいる」：強調光是做「看卡通」這件事。

【例句】

❶ 弟(おとうと)は遊(あそ)んでばかりいて勉強(べんきょう)しません。

❷ ゲームをしてばかりいると、目(め)が悪(わる)くなるよ！

❸ 弟(おとうと)は野菜(やさい)を食(た)べないで、
- お肉(にく)を食(た)べてばかりいます。
- お肉(にく)ばかり食(た)べています。

❹ うちの子(こ)は毎日(まいにち)
- アニメを見(み)てばかりいます。
- アニメばかり見(み)ています。

練習 1 Exercise 1

▶ 請依下方例句完成句子。

例

雨(あめ)が降(ふ)ります／思(おも)います

→ 午後(ごご)から雨(あめ)が降(ふ)ると思(おも)うので、傘(かさ)を持(も)っていきます。

❶ 補講(ほこう)です／言(い)いました

→ 先生(せんせい)は今日(きょう)の三時間目(さんじかんめ)は＿＿＿＿＿＿ので、教科書(きょうかしょ)を持(も)っていきます。

❷ 日差(ひざ)しが強(つよ)いです／思(おも)います

→ ＿＿＿＿＿＿＿＿＿＿ので、サングラスを持(も)っていきます。

❸ 誕生日(たんじょうび)パーティーをします／言(い)いました

→ 山田(やまだ)さんは今日(きょう)、マリアさんの＿＿＿＿＿＿＿＿＿＿。

❹ 「今電車(いまでんしゃ)の中(なか)だから…」／言(い)いました

→ あの人(ひと)は＿＿＿＿＿＿＿＿て、電話(でんわ)を切(き)りました。

練習2 Exercise 2

▶ 請依下方例句完成句子。

例 歌(うた)います／踊(おど)ります

先生(せんせい)は子供(こども)たちと一緒(いっしょ)に<u>歌(うた)ったり踊(おど)ったりして</u>います。

❶ お酒(さけ)を飲(の)みます／たばこを吸(す)います

→ 未成年(みせいねん)は＿＿＿＿＿＿＿＿＿＿＿＿＿＿＿＿

ことができません。

❷ 本(ほん)を読(よ)みます／音楽(おんがく)を聞(き)きます

→ 休(やす)みの日(ひ)には＿＿＿＿＿＿＿＿＿＿＿＿＿＿

過(す)ごしています。

❸ デパートで買(か)い物(もの)をします／家事(かじ)をします

→ 昨日(きのう)、＿＿＿＿＿＿＿＿＿＿＿＿＿＿＿＿＿

忙(いそが)しかったんです。

❹ 旅行(りょこう)に行(い)きます／ご飯(はん)を食(た)べに行(い)きます

→ 私達(わたしたち)は20年(ねん)の友達(ともだち)で、今(いま)でも一緒(いっしょ)に

＿＿＿＿＿＿＿＿＿＿＿＿＿＿＿＿＿＿＿＿。

練習 3 Exercise 3

▶ 請依下方例句完成句子。

例

ゲームをします

→ 仕事(しごと)をしないで、ゲームをしてばかりいます。

ゲーム ばかりしています。

❶ お菓子(かし)を食(た)べます

→ ご飯(はん)を食(た)べないで、＿＿＿＿＿＿＿＿。

＿＿＿＿＿＿＿＿。

❷ 動画(どうが)を見(み)ます

→ 勉強(べんきょう)しないで、＿＿＿＿＿＿＿＿。

＿＿＿＿＿＿＿＿。

❸ 漫画(まんが)を読(よ)みます

→ 天気(てんき)がいいのに、出(で)かけないで＿＿＿＿＿＿＿＿。

＿＿＿＿＿＿＿＿。

❹ 仕事(しごと)をします

→ 子(こ)どもの世話(せわ)をしないで、＿＿＿＿＿＿＿＿。

＿＿＿＿＿＿＿＿。

會話練習 Exercise 4

▶ 請依自己的情況回答下面問題。

① 友だちが結婚します。友達に何と言いますか。

例 「世界一幸せになって」と言います。

____

② 休みの日には、何をしますか。

例 休みの日には家事をしたり、買い物に出かけたりして過ごしています。

____

③ 家族や友達に不満はありますか。

例 夫は家事をしないで、ゲームばかりしています。

____

閱讀練習 Reading

049

心配性

私はよく「気が小さい」と言われます。いつも細かいことばかり心配しているんです。ほかの人が見たらどうでもいいことをいつまでも考えてしまいます。

日常生活の中では、いつもかばんに傘を入れたり上着を持って出かけたりしています。通勤のとき、「もし地震があったら家まで歩いて帰らないといけない」と思って、いつもスニーカーを履いて出勤しています。

人間関係では、いつも自分が言ったことに後悔ばかりしています。何か言ったあとで、人を傷つけたり、気分を悪くしたりしてしまったかもと思うのです。

周りの人には「心配しすぎだよ」とよく言われますが、これは性格ですから、しょうがないかもしれませんね。

寫作練習 Writing

▶ 請參考〔閱讀練習〕練習寫下對自己個性在意的地方。

挑戰 JLPT…………………………… Actual practice

問題 1　（　　　）に なにを いれますか。①・②・③・④から いちばん いい ものを ひとつ えらんで ください。

1 まだわかりませんが、来年（　　）と思います。

① 結婚し　② 結婚して　③ 結婚した　④ 結婚する

2 まんが（　　）読んでいないで、もう少し勉強しなさい。

① でも　② ほど　③ ばかり　④ くらい

3 図書館で、本や雑誌を読んだり、（　　　）します。

① 勉強し　② 勉強して　③ 勉強したり　④ 勉強する

問題 2　＿★＿に はいる ものは どれですか。①・②・③・④から いちばん いい ものを ひとつ えらんで ください。

4 昨日の夜、居酒屋で＿＿＿ ＿★＿ ＿＿＿ ＿＿＿。

① 食べたり　② お酒を　③ しました　④ 飲んだり

5 鈴木君が明日＿＿＿ ＿＿＿ ＿★＿ ＿＿＿。

① と　② だ　③ 言いました　④ 休み

▶イタズラな Kiss《惡作劇之吻》

現在來介紹一下在韓國播出的日本人氣連續劇吧。不久前，日劇《惡作劇之吻》也在韓國上映了，而且受到了廣大韓國觀眾的喜愛。《惡作劇之吻》是由多田薰的小說漫畫改編而成。漫畫從1990年到1999年，在集英社的刊物《Margaret》連載。

在日本，這部作品也被簡稱為《イタキス》或《イタKiss》。 1996年日本朝日電視台將漫畫改編成電視劇，造成極大的轟動；2008年改編成動畫；2008年和2009年改編成舞台劇搬上舞台；2013年和2014年重新在電視上播出新版的《惡作劇之吻》（Love in Tokyo）1～2集，由矢作穗香飾演相原琴子，由古川雄輝飾演入江直樹，又掀高潮大受歡迎。

平凡的女高中生琴子，從進高中就讀開始，就暗戀學校頭腦好長得又帥的眾多女生心目中的白馬王子直樹，但都只是單戀。不過有一天，因為突然發生的意外事件，而使他們兩人必須同住在一個屋簷下；因為一個偶然的吻，而改變了兩人的人生。琴子與直樹的戀愛故事以東京為背景，2014年新版《惡作劇之吻2（Love in Tokyo）》在電視播出，2016年、2017年終於製成電影搬上大螢幕。

韓國MBC電視台，也從2010年9月1日到2010年10月21日，以「水木迷你系列《惡作劇之吻》」為標題，在電視上播出，也引起了很大的迴響。

純真開朗的琴子到處碰壁搞砸事情，讓人不時地會替她捏把冷汗；對照呆板嚴肅有效率的直樹，兩人竟產生了妙趣橫生的愛情，並以喜劇收場。這樣高反差的愛情故事，確實很有娛樂效果。

生活字彙 Vocabulary

遊び（あそ）　遊玩

テーマパーク
主題樂園

水族館（すいぞくかん）
水族館

ゲームセンター
遊樂中心

ネットカフェ
網路咖啡廳

カラオケ
卡拉OK

ボーリング
保齡球

パチンコ
柏青哥

ビリヤード
撞球

ダーツ
飛鏢

卓球（たっきゅう）
桌球

競輪（けいりん）
自行車競賽

競馬（けいば）
賽馬

NOTE

Lesson 38

傘(かさ)を持(も)って行(い)った方(ほう)がいいですよ。

帶傘去會比較好。

point

01　～た／～ない方(ほう)がいい　～比較好

02　～なら　如果是～的話～

03　～ことにする　決定要～

假名	漢字／原文	中譯
はやります	流行ります	流行【流行るⅠ】
わかれます	別れます	分手【別れるⅡ】
つもります	積もります	堆積【積もるⅠ】
つきあいます	付き合います	交往；交際【付き合うⅠ】
あぶらっこい	脂っこい	油膩的
ヨーロッパ	Europa	歐洲
スイス	Suisse	瑞士
ひらがな	平仮名	平假名
こくさい	国際	國際
むりょう	無料	免費
きゅうか	休暇	休假
つらい	辛い	辛苦的
せっきょくてき（な）	積極的（な）	積極的
びだい	美大	藝術大學
ストレッチ	stretch	伸展拉筋運動
えいじしんぶん	英字新聞	英文報紙

Vocabulary

くもります	曇ります	天氣陰【曇るⅠ】
ホームステイ	Homestay	寄宿
～さき	～先	～目的地
よみち	夜道	夜晚道路
あぶない	危ない	危險的

アップします	Upします	上傳網路 【アップするⅢ】
ネット	net	網際網路
おすすめ	お薦め	推薦
ドラえもん		哆啦A夢
ききとり	聞き取り	聽力
ぶんや	分野	領域
ネイティブ	native	本地的
チャンス	chance	機會

會話 Dialogue

051

（ホームステイ先（さき）で）

斎藤（さいとう）　どこかお出（で）かけですか。

孫（そん）　はい、友達（ともだち）に会（あ）いに行（い）こうと思（おも）って。

斎藤（さいとう）　出（で）かけるなら、傘（かさ）を持（も）って行（い）った方（ほう）がいいですよ。

孫（そん）　そういえば、曇（くも）ってますね。じゃあ、持（も）っていくことにします。

斎藤（さいとう）　それと、雨（あめ）の夜道（よみち）は危（あぶ）ないですから、あまり遅（おそ）くならない方（ほう）がいいですよ。

孫（そん）　そうですね。気（き）を付（つ）けます。

學習重點 Grammar

052

01 ～た／～ない方（ほう）がいい　～比較好

» V た＋方（ほう）がいい

- 見（み）る → 見（み）た方（ほう）がいい

» V ない＋方（ほう）がいい

- 来（く）る → 来（こ）ない方（ほう）がいい

Tip
選擇「做～動作比較好」，注意要以「V た方がいい」接續。

【例句】

❶ 今日（きょう）は早（はや）く寝（ね）た方（ほう）がいいですよ。

❷ 健康（けんこう）のためには、歩（ある）いた方（ほう）がいいと思（おも）います。

❸ 脂（あぶら）っこい物（もの）は食（た）べない方（ほう）がいいですよ。

❹ 風邪（かぜ）がはやっている時（とき）は、人（ひと）が集（あつ）まる所（ところ）には行（い）かない方（ほう）がいいです。

學習重點

 053

02 ～なら　如果是～的話～

» Vる／Vない＋なら

- 行く／行かない
  → 行くなら／行かないなら

» い形／な形／N【普通形】＋なら

- 忙しい → 忙しいなら
- 暇だ　→ 暇なら
- 学生だ → 学生なら

Tip

「～なら」也可以用於聽了對方所說的事情後，針對該事情提某種建議、情報。常見「N＋なら」的用法。

【例句】

1. 子(こ)どもが幸(しあわ)せなら、親(おや)も幸(しあわ)せです。
2. ヨーロッパに行(い)くなら、スイスに行(い)きたいです。
3. カレーを作(つく)るなら、肉(にく)をいっぱい入(い)れてください。
4. 漢字(かんじ)が難(むずか)しいなら、ひらがなで書(か)いてもいいですよ。
5. 寿司(すし)なら、やっぱり「じゃんじゃん寿司(すし)」がおいしい。
6. 国際電話(こくさいでんわ)なら、無料(むりょう)アプリを使(つか)った方(ほう)がいいですよ。

054

03 ～ことにする　決定要～

» V-る ＋ ことにする

→ 早く寝ることにします

> **Tip**
> 「～ことにする」表說話者本人的決定或決心。而「～ことになる」則表示因其他人的決定等等外部因素，而做出決定或變成那樣的結果。

【例句】

❶ 卒業後は、日本へ留学することにしました。

❷ 健康のために、タバコはやめることにしました。

❸ 疲れたので、休暇をもらうことにした。

❹ つらいけど、もう彼女とは別れることにしよう。

練習 1 ································ Exercise 1

▶ 請依下方例句完成句子。

例1 先生(せんせい)に聞(き)きます

→ わからないことは、先生(せんせい)に聞(き)いた方(ほう)がいいですよ。

例2 ラーメンを食(た)べます

→ 夜遅(よるおそ)く、ラーメンを食(た)べない方(ほう)がいいですよ。

❶ 休(やす)みます

→ 熱(ねつ)があるみたいですね。

少(すこ)し＿＿＿＿＿＿＿＿＿＿＿＿＿＿ですよ。

❷ 乗(の)ります

→ 雪(ゆき)が積(つ)もっていますから、

バイクには＿＿＿＿＿＿＿＿＿＿＿＿ですよ。

❸ 電話(でんわ)をかけます

→ ご両親(りょうしん)が心配(しんぱい)なさいますから、

＿＿＿＿＿＿＿＿＿＿＿＿＿＿＿＿ですよ。

❹ やめます

→ 健康(けんこう)のために、タバコは

＿＿＿＿＿＿＿＿＿＿＿＿＿＿＿＿ですよ。

練習 2 ·· Exercise 2

▶ 請依下方例句完成句子。

例

山(やま)に行(い)きます

山(やま)に行(い)くなら、やっぱり富士山(ふじさん)がいいですね。

1 日本語(にほんご)を勉強(べんきょう)します

＿＿＿＿＿＿＿＿＿＿＿＿＿＿、「さくら日本語(にほんご)」がいいですよ。

2 付(つ)き合(あ)います

彼女(かのじょ)と＿＿＿＿＿＿＿＿＿＿＿＿＿＿、もっと積極的(せっきょくてき)になった方(ほう)がいいですよ。

3

得意(とくい)です

絵(え)を描(か)くことが＿＿＿＿＿＿＿＿＿＿、美大(びだい)に行(い)ったらどうですか。

4

お土産(みやげ)

＿＿＿＿＿＿＿＿＿＿＿＿＿＿、やはりこのお菓子(かし)がいいですよ。

練習 3 ………………………………… Exercise 3

▶ 請依下方例句完成句子。

❶ 健康(けんこう)のために、

例 毎日(まいにち)ストレッチをすることに しました。

→ 健康(けんこう)のために、＿＿＿＿＿＿＿＿＿＿ しました。

❷ 英語(えいご)の勉強(べんきょう)のために、

例 英字新聞(えいじしんぶん)を読(よ)むことに しました。

→ 英語(えいご)の勉強(べんきょう)のために、＿＿＿＿＿＿＿＿ しました。

❸ いろいろなことに疲(つか)れたので、

例 旅(たび)に出(で)ることに しました。

→ いろいろなことに疲(つか)れたので、＿＿＿＿＿＿＿＿ しました。

❹ お金(かね)が必要(ひつよう)なので、

例 父(ちち)にお願(ねが)いすることに しました。

→ お金(かね)が必要(ひつよう)なので、＿＿＿＿＿＿＿＿＿ しました。

會話練習 …………………………… Exercise 4

▶ 請依下方提問和例句練習回答。

① 風邪(かぜ)を引(ひ)いてしまいました。

（請使用「～た／～ない方がいい」回答）

例 外(そと)へ出(で)ない方(ほう)がいいですよ。

---

② 宿題(しゅくだい)がたくさんあります。

（請使用「～た／～ない方がいい」回答）

例 友達(ともだち)に手伝(てつだ)ってもらった方(ほう)がいいですよ。

---

③ 今度(こんど)、台湾(たいわん)に行(い)きます。（請使用「なら」回答）

例 台北(たいぺい)に来(く)るなら、一緒(いっしょ)に故宮(こきゅう)を見(み)に行(い)きましょう。

---

④ 何(なに)か面白(おもしろ)い映画(えいが)が見(み)たいなあ。（請使用「なら」回答）

例 映画(えいが)なら、<○○>が面白(おもしろ)いですよ。

閱讀練習 Reading

055

日本語を勉強するなら

日本語を勉強するなら、雑誌や小説をたくさん読んだり、ネットで動画やニュースを見たりするのがおすすめです。漫画もいいと思います。漫画なら『ドラえもん』がおすすめです。

動画やニュースなら聞き取りの練習ができます。ネットではいろいろな分野の人たちがたくさん動画をアップしています。興味があるものなら、きっと見やすいと思います。

早く日本語が上手になりたいなら、留学もいいです。私の友達は日本語を勉強するために、来年日本へ留学することにしました。日本へ行ったら、ネイティブとたくさん話すチャンスがあって、早く日本語が上手になるでしょう。

日本語の勉強は早く始めた方がいいそうです。皆さんも早く始めましょう。

寫作練習 Writing

▶ 請參考〔閱讀練習〕練習描述學習語文或是其他科目的學習方法建議。

挑戰 JLPT

問題1 （　　）に なにを いれますか。①・②・③・④から いちばん いい ものを ひとつ えらんで ください。

1 明日（あした）、デパートへ 買（か）い物（もの）に 行く（　　）した。

① ことが　② ことに　③ ことで　④ ことを

2 テレビを（　　）、私（わたし）が いい 店（みせ）を しょうかいしますよ。

① かうのに　② かうなり　③ かうには　④ かうなら

問題2 つぎの ことばの つかいかたで いちばん いい ものを ①・②・③・④から ひとつ えらんで ください。

3 やっぱり

① 今（いま）、10時（じ） やっぱりです。

② ねたら 少（すこ）し やっぱりしました。

③ ペットなら やっぱり ねこですね。

④ もっと やっぱり はなして ください。

問題3 ＿＿＿の ぶんと だいたい おなじ いみの ぶんが あります。①・②・③・④から いちばん いい ものを ひとつ えらんで ください。

4 タバコは やめた ほうが いいですよ。

① タバコは まだ すった ほうが いいですよ。

② タバコは もう すわない ほうが いいですよ。

③ タバコは たくさん かった ほうが いいですよ。

④ タバコは あまり かわない ほうが いいですよ。

問題4 ＿★＿に はいる ものは どれですか。①・②・③・④から いちばん いい ものを ひとつ えらんで ください。

5 いそがしいと 思(おも)いますが＿＿＿ ＿＿＿ ＿★＿ ＿＿＿いいですよ。

① しない　② むりを　③ ほうが　④ あまり

生活字彙 ………………………………… Vocabulary

レストラン　餐廳

ステーキ
牛排

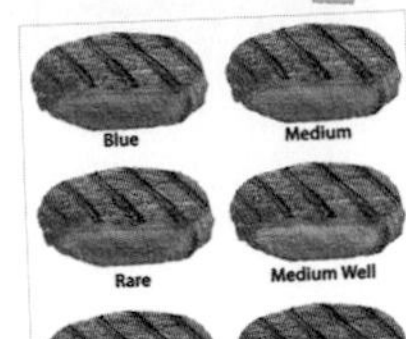

焼き加減
煎的程度

飲み物
飲料

レア
三分熟

ミディアムレア
五分熟

ミディアム
七分塾

ウェルダン
全熟

ソース
醬汁

量は少なめ・多め
量少／量多

お皿を下げる
收盤子

ワインリスト
酒單

セット
一套

Lesson 39

わからないことがあれば、何(なん)でも聞(き)いてください。

如果有不了解的地方，請儘管問。

point

01 ～ば　如果～

02 ～ば～ほど　越～越～

03 ～しか～ない　只～

04 ～しかない　只好～

假名	漢字／原文	中譯
まけます	負けます	輸；敗【負けるⅡ】
じょうたつします	上達します	進步【上達するⅢ】
あがります	上がります	上升【上がるⅠ】
はこびます	運びます	搬運【運ぶⅠ】
しつれんします	失恋します	失戀【失恋するⅢ】
てんごく	天国	天國
じごく	地獄	地獄
なごや	名古屋	名古屋
ほんやく	翻訳	翻譯
すいえい	水泳	游泳
ざいりょう	材料	材料
イカ	烏賊	花枝
やるき	遣る気	幹勁
きんにく	筋肉 * 筋肉が付きます	肌肉 * 肌肉發達

どうし	動詞	動詞
けいようし	形容詞	形容詞
なるほど		原來如此

ふとります	太ります	變胖【太るⅠ】
すすめます	勧めます	推薦【勧めるⅡ】
おります	降ります	下車【降りるⅡ】
むりします	無理します	勉強【無理するⅢ】
ダイエット	diet	減肥
たいしつ	体質	體質
ジム	gym	健身房
ウォーキング	walking	步行
じたく	自宅	自家住宅
ひとえき	一駅	（電車等）一站
てまえ	手前 * 一駅手前	跟前 * 前一站
ランニング	running	跑步
よゆう	余裕	餘裕

會話 ………………………………………… Dialogue

057

梁　ちょっと聞いてもいいですか。日本語の宿題なんですけど。

坂本　はい、どうぞ。

梁　これはどうすればいいですか。考えれば考えるほどわからなくなってしまいました。

坂本　ええと、この文法は動詞しか使えないから、ここの形容詞はだめですよ。

梁　ああ、なるほど。わかりました。ありがとうございます。

坂本　わからないことがあれば、何でも聞いてください。

學習重點 Grammar

 058

01 ～ば　　如果～

第Ｉ類動詞（五段動詞）	將「-iます」改成「- eば」。 ・いきます →いけば　（行(い)く→行(い)けば） ・のみます →のめば　（飲(の)む→飲(の)めば） ・つくります →つくれば　（作(つく)る→作(つく)れば）
第II類動詞（上・下一段動詞）	去掉「ます」後，再加上「れば」。. ・みます →みれば　（見(み)る→見(み)れば） ・たべます →たべれば　（食(た)べる→食(た)べれば）
第III類動詞（變格動詞）	不規則變化。 ・します →すれば　（する→すれば） ・きます →くれば　（来(く)る→来(く)れば）

▶動詞變化練習

ます形	分類	ば形	ます形	分類	ば形
買(か)います	I		泳(およ)ぎます	I	
着(き)ます	II		来(き)ます	III	
待(ま)ちます	I		歌(うた)います	I	
します	III		働(はたら)きます	I	
読(よ)みます	I		食(た)べます	II	

» い形~~い~~／Vな~~い~~＋ければ

- 安(やす)い → 安(やす)ければ
- 食(た)べない → 食(た)べなければ

» な形~~だ~~／N~~だ~~＋なら

- 元気(げんき) → 元気(げんき)なら
- 日本人(にほんじん) → 日本人(にほんじん)なら

Tip

「～ば」在意思上和「～たら」或「～と」有相重疊的部分，但「～ば」表「條件成立」的功能比較強。舉例來說，「天気が良ければ、山へ行きます。」，意思是「天氣好的話，就去山裡走走」，但反過來說，它也含有「天氣不好的話，就不去山裡走了」這含意。當然「～たら」也有這個功能，但「～ば」更強化了「條件成立」的程度。

學習重點

❶ 勝てば天国、負ければ地獄。

❷ 朝起きて、天気が良ければ運動をします。

❸ 安ければ買いますが、高ければ買いません。

❹ 誰に聞けばいいですか。

→ 井上先生に聞けばわかりますよ。

❺ 名古屋駅までどうやって行けばいいですか。

> **Tip**
> 像例句④⑤那樣，「～ば」也常用在表示「解決的方法」。徵詢對方解決方法時，使用的句型是「～ばいいですか」（做某動作好嗎？），最好把它當作慣用語背下來。

 059

02 ～ば～ほど　越～越～

» Vば＋Vる＋ほど　• する → すればするほど

» A⇔ければ＋Aい＋ほど　• 安い → 安ければ安いほど

» Naなら＋Naな＋ほど　• 便利 → 便利なら便利なほど

❶ 夢は大きければ大きいほどいい。

❷ 外国語は始めるのが早ければ早いほど、上達しやすい。

❸ 勉強すればするほど、成績が上がります。

❹ 知れば知るほど難しくなる。

> **Tip**
> 「～ば～ほど」中利用重覆相同的單字表示「前項加強的同時，後項強度也增加」。

060

03 ～しか～ない　只～

» しか＋否定形
- これ → これしかない
- 男(おとこ)の子(こ) → 男(おとこ)の子(こ)しかいない
- 漫画(まんが)を読(よ)む → 漫画(まんが)しか読(よ)まない

1. 財布(さいふ)の中(なか)に10円(えん)しかありません。
2. この翻訳(ほんやく)ができる人(ひと)は先生(せんせい)しかいません。
3. この子(こ)は肉(にく)しか食(た)べません。
4. 私(わたし)は水泳(すいえい)が苦手(にがて)で、25メートルしか泳(およ)げません。

061

04 ～しかない／しかありません　只好～

» Vる＋しかない／しかありません

1. この材料(ざいりょう)では、カレーを作(つく)るしかないな。
2. 結婚(けっこん)したら、仕事(しごと)をやめるしかありませんか。
3. 彼女(かのじょ)が行(い)かないなら、私(わたし)が行(い)くしかありません。
4. 地震(じしん)で電車(でんしゃ)が止(と)まってしまったので、歩(ある)いて帰(かえ)るしかない。

練習 1 ································ Exercise 1

▶ 請依下方例句完成句子。

例

頑張(がんば)る	一生懸命(いっしょうけんめい)頑張(がんば)れば、いい結果(けっか)が出(で)ますよ。
❶ 聞(き)く	説明(せつめい)をしっかり＿＿＿＿＿＿＿＿、わかりますよ。
❷ 忙(いそが)しい	＿＿＿＿＿＿＿＿、また今度一緒(こんどいっしょ)に行(い)きましょう。
❸ 習(なら)う	佐々木先生(ささきせんせい)に＿＿＿＿＿＿＿＿、日本語(にほんご)が上達(じょうたつ)しますよ。
❹ おいしい/おいしくない	＿＿＿＿＿＿＿＿食(た)べますが、＿＿＿＿＿＿食(た)べません。
❺ かける/かけない	眼鏡(めがね)を＿＿＿＿＿＿＿＿見(み)えますが、＿＿＿＿＿＿見(み)えません。

練習 2 …………………………………… Exercise 2

▶ 請依下方例句完成句子。

例

働く

働けば働くほど、お金が入って来ます。

❶ 長い

会えない時間が＿＿＿＿＿＿＿＿＿＿、もっと会いたくなります。

❷ 噛む

イカは＿＿＿＿＿＿＿＿＿＿、味が出ます

❸

強い

相手が＿＿＿＿＿＿＿＿＿＿、やる気が出ます。

❹

運ぶ

重いものを＿＿＿＿＿＿＿＿＿＿、筋肉が付きます。

練習 3 …………………………………… Exercise 3

▶ 請依下方例句完成句子。

例1　水（みず）があります　→ 冷蔵庫（れいぞうこ）の中（なか）には水（みず）しかありません。

❶ 猫（ねこ）がいます　→　部屋（へや）には＿＿＿＿＿＿＿＿。

❷ 鉛筆（えんぴつ）があります　→　机（つくえ）には＿＿＿＿＿＿＿＿。

❸ ビールを飲（の）みます →　お酒（さけ）は＿＿＿＿＿＿＿＿。

例2　水（みず）を飲（の）みます。

→ ジュースがないので、水（みず）を飲（の）むしかない。

❶ 自分（じぶん）でします

→誰（だれ）も手伝（てつだ）ってくれないから、＿＿＿＿＿＿＿＿。

❷ 先生（せんせい）に聞（き）きます

→答（こた）えを見（み）てもわからないので、＿＿＿＿＿＿＿＿。

❸ 歩（ある）いて帰（かえ）ります

→電車（でんしゃ）がないので、＿＿＿＿＿＿＿＿。

會話練習 Exercise 4

▶ 請依自己的情況回答下面問題。

① 失恋（しつれん）したら、どうすればいいですか。

例 友達（ともだち）とカラオケへ行（い）って楽（たの）しい時間（じかん）を過（す）ごせばいいと思（おも）います。

____

② どうすれば日本語（にほんご）が上手（じょうず）になりますか。

例 日本語（にほんご）の雑誌（ざっし）や小説（しょうせつ）をたくさん読（よ）めば、上手（じょうず）になりますよ。

____

③ 大（おお）きければ大（おお）きいほどいいものは何（なん）ですか。

例 部屋（へや）は大（おお）きければ大（おお）きいほどいいです。

____

④ たくさんいればいるほど／あればあるほどいいものは何（なん）ですか。

例 友達（ともだち）は、たくさんいればいるほど、いいです。

____

閱讀練習 Reading

062

ダイエットと運動

私はダイエットについて悩んでいます。太りやすい体質で、野菜しか食べなくても太ってしまいます。どうすれば痩せられるでしょうか。

友だちは「運動すれば痩せるよ」と言いました。そんなことはわかっていますが、簡単な事ではありません。前まではジムに通っていました。でも、仕事が忙しくて続けられませんでした。

この間、友達に勧められて「通勤ウォーキング」を始めました。今は会社や自宅の一駅手前で電車を降りて歩いています。始めて半年になりますけど、体が軽くなったと思います。

週末は、近くの公園をランニングしています。ランニングは速ければ速いほどいいのではありません。無理しないで30分から60分走ればいいそうです。はじめは大変ですが、今は楽しくランニングしています。

寫作練習 Writing

▶ 請參考〔閱讀練習〕練習描寫自己健康問題以及運動方法。

挑戰 JLPT …………………… Actual practice

問題1　（　　）に なにを いれますか。①・②・③・④から いちばん いい もの を ひとつ えらんで ください。

1 駅(えき)まで どうやって（　　）いいですか。

① 行(い)くし　② 行(い)けば　③ 行(い)くなら　④ 行(い)かなければ

2 忙(いそが)しければ（　　）ほど余裕(よゆう)を持(も)たなければなりません。

① いそがし　② いそがしい　③ いそがしく　④ いそがしさ

3 ダイエットしても痩(や)せないなら、もう運動(うんどう)する（　）ないですね。

① だけ　② のみ　③ しか　④ くらい

問題2　つぎの ことばの つかいかたで いちばん いい ものを ①・②・③・④から ひとつ えらんで ください。

4 まだ

① まだ 明日(あした) 会(あ)いましょう。　② 走(はし)れば まだ まにあいます。

③ おそく まだ 勉強(べんきょう)しました。　④ まだ 私(わたし)から 話(はな)しますね。

問題3　＿★＿ に はいる ものは どれですか。①・②・③・④から いちばん いい ものを ひとつ えらんで ください。

5 がんばれば＿＿＿ ＿★＿ ＿＿＿ ＿＿＿なります。

① よく　② がんばる　③ せいせきは　④ ほど

コラム

▶《となりのトトロ》龍貓

《龍貓》是日本吉卜力工作室製作的長篇動畫電影。於1988年4月16日在日本上映，導演是宮崎駿，配樂是久石讓。

以幻想的1950年代日本的某個鄉村為背景，主人翁是可愛的兩姊妹皋月和梅。為了讓媽媽能療養身體而搬來鄉下的她們，在神秘森林中遇見了精靈龍貓，美麗溫馨的故事於焉展開。只有透過孩子純真的童心，才能看見的龍貓和貓巴士，雖然是動畫卡通，但無論是大人或小孩，不管看幾次都能深受感動。它將大自然與人類相互溝通的情感，像溫暖的火把一樣，

絲絲入扣地描繪了出來。

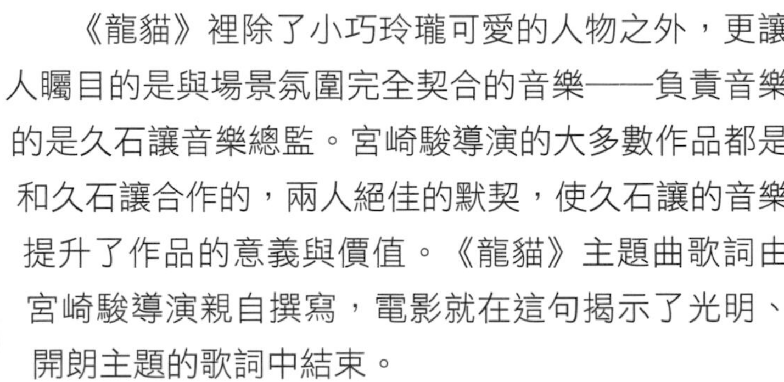

《龍貓》裡除了小巧玲瓏可愛的人物之外，更讓人矚目的是與場景氛圍完全契合的音樂——負責音樂的是久石讓音樂總監。宮崎駿導演的大多數作品都是和久石讓合作的，兩人絕佳的默契，使久石讓的音樂提升了作品的意義與價值。《龍貓》主題曲歌詞由宮崎駿導演親自撰寫，電影就在這句揭示了光明、開朗主題的歌詞中結束。

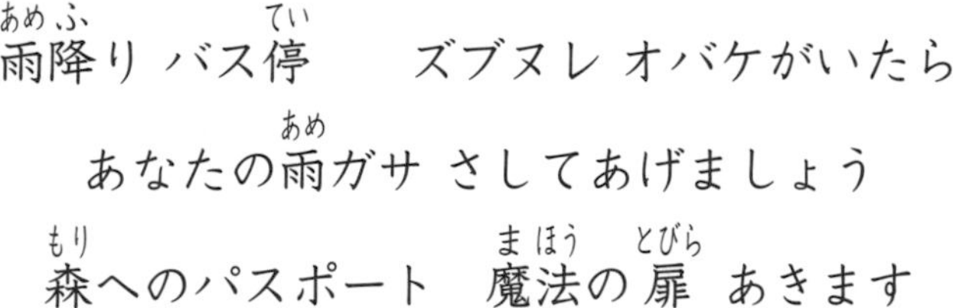

雨降り（あめふ）バス停（てい）　ズブヌレ オバケがいたら

あなたの雨（あめ）ガサ さしてあげましょう

森（もり）へのパスポート　魔法（まほう）の扉（とびら）　あきます

「下雨天在巴士站，如果遇見了全身溼漉漉的鬼怪，就請你把雨傘借它們用一下吧。前往森林的護照，魔法之門即將開啟。」

這部電影可說是80年代最棒的一部作品，它榮獲了1988年第31屆藍絲帶獎特別獎、1988年山路文子電影獎最佳日本電影、1989年每日電影獎日本電影大獎等。它是最多日本人看過的電影，也是教育上一定要看的動畫卡通。

2001年在韓國上映，受到極大的好評。《世界報》記者尚法蘭舒瓦羅傑，以「日本動畫的新里程碑」為題，稱這部電影是「將自然的神秘和深奧帶入兒童的夢中」；《解放報》的米榭爾盧德皮奇說：「我要將這部令人驚嘆的電影，推薦給小孩及大人。」我建議還沒看過的人，一定要找機會去看看喔！

生活字彙 Vocabulary

ダイエット 減重

スポーツジム
運動健身房

フィットネス
拳擊健身房

トレーニング
訓練

縄跳び（なわとび）
跳繩

空手（からて）
空手道

柔道（じゅうどう）
柔道

体（からだ）に気（き）を付（つ）ける
注意身體

汗（あせ）をかく
流汗

運動不足（うんどうぶそく）
運動不足

体重（たいじゅう）をはかる
量體重

脂肪（しぼう）が燃（も）える
燃燒脂肪

食事制限（しょくじせいげん）
飲食控制

Lesson 40

歩（ある）いて何分（なんぷん）かかるかわかりますか。

你知道步行要幾分鐘嗎？

point

01　～か【疑問詞句中置入：含疑問詞】

02　～かどうか【疑問詞句中置入：不含疑問詞】是否～

03　～てみます 試著做～

04　～さ【形容詞轉名詞化：表示程度】

假名	漢字／原文	中譯
あじをみます	味を見ます	嚐味道【味を見るⅡ】
くちにあいます	口に合います	合胃口【口に合うⅠ】
とどきます	届きます	送達；達到【届くⅠ】
たしかめます	確かめます	確認【確かめるⅡ】
しちゃくします	試着します	試穿【試着するⅢ】
ふくめます	含めます	包含【含めるⅡ】
きになります	気になります	在意【気になるⅠ】
じっさいに	実際に	實際上
あやしい		可疑的；怪怪的
～つぼ	～坪	～坪
かいしょく	会食	聚餐
へいわ	平和	和平
じきゅう	時給	時薪
のりもの	乗り物	交通工具
たてもの	建物	建築物
かわ	川	河川
ありさん	阿里山	阿里山

はっしゃ	発車	發車

なやみます	悩みます	煩惱【悩むⅠ】
なやみ	悩み	煩惱
てんちょう	店長	店長
めいわく（な）	迷惑（な） * 迷惑になります	麻煩；煩擾 * 造成困擾
かんばん	看板	招牌

會話 ………………………………… Dialogue

064

遠藤(えんどう)　今日(きょう)は本当(ほんとう)に暑(あつ)いですね。

黄(こう)　ニュースによると、今日(きょう)は今年一番(ことしいちばん)の暑(あつ)さだそうですよ。

遠藤(えんどう)　じゃあ、早(はや)く行(い)きましょう。
駅(えき)まで、歩(ある)いて何分(なんぷん)かかるかわかりますか。

黄(こう)　ええと、15分(ふん)くらいですね。次(つぎ)の電車(でんしゃ)がちょうど15分後(ふんご)に発車(はっしゃ)ですから、急(いそ)ぎましょう。

遠藤(えんどう)　この暑(あつ)さだと、15分(ふん)で行(い)けるかどうかわかりませんよ。

黄(こう)　そうですね。じゃあ、駅(えき)までタクシーに乗(の)りましょうか。

學習重點 ･･････････････････････････････････ Grammar

 065

01 ～か 【疑問詞句中置入：含疑問詞】

>> 普通形疑問句＋か

何時(なんじ)に行(い)くかわかりません。

Tip
和疑問詞搭配使用。

【例句】

1. 何時(なんじ)ごろ空港(くうこう)に着(つ)くか、後(あと)で教(おし)えてください。

2. この料理(りょうり)はどうやって作(つく)るかわかりません。

3. 昨日(きのう)どんな話(はなし)をしたか、まったく覚(おぼ)えていません。

4. どれくらい辛(から)いか、味(あじ)を見(み)てください。

5. どんな食(た)べ物(もの)が好(す)きか、教(おし)えてください。

6. 彼(かれ)がどんな人(ひと)か知(し)っていますか。

學習重點

 066

02 ～かどうか 【疑問詞句中置入：不含疑問詞】

❶ 試験（しけん）を受（う）けるかどうか、まだ決（き）めていません。

❷ お口（くち）に合（あ）うかどうかわかりませんが、召（め）し上（あ）がってください。

❸ メールがちゃんと届（とど）いたかどうか、返事（へんじ）がないので心配（しんぱい）です。

❹ おいしいかどうか、実際（じっさい）に店（みせ）に行（い）って確（たし）かめます。

❺ その時計（とけい）が本物（ほんもの）かどうか、あやしいです。

 067

03 ～てみます 試著做～

» Vて＋みる　• 考（かんが）える → 考（かんが）えてみる

❶ このスカートを試着（しちゃく）してみてもいいですか。

❷ 一度（いちど）富士山（ふじさん）を見（み）てみたいです。

❸ 明日（あした）新（あたら）しい店（みせ）に行（い）ってみたいです。

❹ このケーキはおいしいですよ。どうぞ食（た）べてみてください。

Tip
「～てみる」表示試著做某動作。

 068

04 ～さ 【形容詞轉名詞化：表示程度】

» い形~~い~~＋さ　• 強(つよ)い → 強(つよ)さ

» な形~~だ~~＋さ　• 親切(しんせつ) → 親切(しんせつ)さ

❶ 私(わたし)の家(いえ)の広(ひろ)さは、庭(にわ)を含(ふく)めて60坪(つぼ)くらいです。

❷ 彼(かれ)のすごさは、会(あ)ってみないとわからない。

❸ どこで働(はたら)いても、大変(たいへん)さは同(おな)じです。

❹ 生活(せいかつ)の便利(べんり)さでは、東京(とうきょう)は世界一(せかいいち)だと思(おも)います。

Tip

將形容詞名詞化的表達方式還有「～み」，不過「～み」只用在某些形容詞上；相反的，「～さ」則可用在包含外來語在內的大部分形容詞上。

另外，「～さ」表示該形容詞形容的「程度」，而「～み」則表示某對象具有該形容詞的「性質」。

練習 1 ………………………………… Exercise 1

▶ 請依下方例句完成句子。

例 何時(なんじ)に始(はじ)まります

→ 授業(じゅぎょう)が何時(なんじ)に始(はじ)まるか、知(し)っていますか。

❶ 何(なに)を送(おく)ります

→ 今年(ことし)の母(はは)の日(ひ)は＿＿＿＿＿＿＿＿決(き)めましたか？

❷ どれほど難(むずか)しい

→ この問題(もんだい)、＿＿＿＿＿＿＿＿＿＿やってみたらわかりますよ。

❸ 何人(なんにん)集(あつ)まりました

→ 昨日(きのう)の会食(かいしょく)、＿＿＿＿＿＿＿＿＿＿＿＿＿＿＿＿、聞(き)きましたか。

❹ 誰(だれ)がお姉(ねえ)さんです

→ この二人(ふたり)、＿＿＿＿＿＿＿＿＿＿＿＿＿＿＿＿＿＿、わかりますか。

練習 2 Exercise 2

▶ 請依下方例句完成句子。

例

おいしい

あそこのラーメンは、おいしいかどうかわかりません。

1. 来(き)ます

明日(あした)のパーティーに、彼女(かのじょ)が ＿＿＿＿＿＿＿＿＿＿、わかりません。

2. 留学生(りゅうがくせい)です

あの人(ひと)が ＿＿＿＿＿＿＿＿＿＿、わかりません。

3. 合(あ)っています

この答(こた)えが ＿＿＿＿＿＿＿＿＿＿、わかりません。

4. 面白(おもしろ)いです

この映画(えいが)は見(み)たことがないので、＿＿＿＿＿＿＿＿＿＿、わかりません。

練習 3 …………………………………… Exercise 3

▶ 請依下方例句完成句子。

高（たか）い　寒（さむ）い　(おいしい)　素晴（すば）らしい　大切（たいせつ）だ　便利（べんり）だ

例　食（た）べます

このお菓子（かし）のおいしさをみんなに伝（つた）えたいです。

どうぞ、食（た）べてみてください。

❶ 見（み）に行（い）きます

→ 富士山（ふじさん）の＿＿＿＿＿＿は3,776メートルです。

ぜひ富士山（ふじさん）を＿＿＿＿＿＿＿＿てください。

❷ 遊（あそ）びに来（き）ます

→ 生活（せいかつ）の＿＿＿＿＿＿は台北（たいぺい）も東京（とうきょう）もあまり変（か）わりません。

一度（いちど）台北（たいぺい）に＿＿＿＿＿＿＿＿＿てください。

❸ 行（い）きます

→ 北海道（ほっかいどう）は夏（なつ）は涼（すず）しくていいですが、冬（ふゆ）は＿＿＿＿＿が厳（きび）しくて大変（たいへん）です。

一度（いちど）北海道（ほっかいどう）に＿＿＿＿＿＿＿＿てください。

❹ 読んでみます

→ この本を読むと、平和の＿＿＿＿＿＿がよくわかります。

この本を＿＿＿＿＿＿てください。

會話練習 ································ Exercise 4

▶ 請依自己的情況回答下面問題。

① アルバイトを始める前に、知りたいことはどんなことですか。

例 時給がいくらか知りたいです。

＿＿＿＿＿＿＿＿＿＿＿＿＿＿＿＿＿＿＿＿＿＿＿＿

② 大学や会社に入る前に、気になったことはどんなことですか。

例 社長がどんな人か気になりました。

＿＿＿＿＿＿＿＿＿＿＿＿＿＿＿＿＿＿＿＿＿＿＿＿

③ あなたの国の乗り物、建物、山、川などの速さ、高さ、長さ、広さを教えてください。

例 阿里山の高さは2,663メートルです。

＿＿＿＿＿＿＿＿＿＿＿＿＿＿＿＿＿＿＿＿＿＿＿＿

閲讀練習 Reading

069

私の悩み

3年間続けているハンバーガー屋のアルバイトをやめるかどうか悩んでいます。時給はよくて店長もいい人です。でも、仕事が多くて大変です。

その大変さを知っているので、お母さんは「嫌ならやめればいいよ」と言いました。でも、ほかのアルバイトの人たちや店長に迷惑になるかもと思って、やめたいと言えません。

それから、大学を卒業したら留学するかどうかも悩んでいます。留学は昔からの夢ですから、行ってみたいです。でもお金があまりないので、両親が行かせてくれるかどうかわかりません。できたら、日本へ行ってみたいです。でも、今一番悩んでいるのは卒業論文です。合格しないと卒業できません。卒業できなければ、何もできないので、一生懸命頑張ろうと思います。

寫作練習 ………………………………… Writing

▶ 請參考〔閱讀練習〕練習描寫自己的煩惱。

挑戰 JLPT

問題 1 （　　）に なにを いれますか。①・②・③・④から いちばん いい ものを ひとつ えらんで ください。

1 明日(あした)までに、しゅっせきするか（　　）おしえて ください。

① どうか　② どうにか　③ どうして　④ どのように

2 きのう、何(なに)を（　　）思(おも)い出(だ)せますか。

① 食(た)べるか　② 食(た)べたか

③ 食(た)べようか　④ 食(た)べて いるか

3 この ビルは、（　　）が 100 m くらい ありますね。

① たかい　② たかみ　③ たかく　④ たかさ

問題 2 ＿＿＿の ぶんと だいたい おなじ いみの ぶんが あります。①・②・③・④から いちばん いい ものを ひとつ えらんで ください。

4 車(くるま)が すごい はやさで はしって います。

① 車(くるま)が ふつうに はしって います。

② 車(くるま)が すこし ゆっくり はしって います。

③ 車(くるま)が そくどを おとして はしって います。

④ 車(くるま)が かなり スピードを だして はしって います。

問題３ ＿★＿ に はいる ものは どれですか。①・②・③・④から いちばん いい ものを ひとつ えらんで ください。

5 みせの かんばんを 見(み)ただけで＿＿ ＿＿ ＿★＿ ＿＿わかります。

① みせが　② どうか　③ おいしいか　④ その

生活字彙 Vocabulary

仕事（しごと）をする　工作

就活（しゅうかつ）
求職活動

会社（かいしゃ）に勤（つと）める
在公司上班

派遣社員（はけんしゃいん）・正社員（せいしゃいん）
派遣員工／正式員工

面接（めんせつ）を受（う）ける
接受面試

給料（きゅうりょう）がいい
薪水好

コピー（を）する
影印

アポを取（と）る
約定時間

名刺（めいし）を出（だ）す
遞出名片

席（せき）を外（はず）す
離開位子

残業（ざんぎょう）する
加班

打（う）ち合（あ）わせをする
商談

ボーナスが出（で）る
發獎金

附錄

▶中文翻譯

▶解答

▶單字索引

中文翻譯

Lesson 31

■ **會話** P. 12

張　：剛才的簡報說明易懂，做得真好。
岡田：張同學，下禮拜你也要做簡報對吧？
張　：是的，我現在正邊整理資料邊做。但是資料太多，很傷腦筋。
岡田：需要我幫什麼忙嗎？
張　：謝謝～。其實我不了解軟體的使用方法。
岡田：這樣啊。新的軟體簡單又易懂喔。我教你！
張　：謝謝你。幫了我大忙。

■ **學習重點**

01　1. 因為事故，我開會遲到了。
　　2. 見不到她，我好寂寞。
　　3. 今天身體不舒服，起不來。
　　4. 最近我父親因為工作而忙個不停。
　　5. 今天因為生病，所以向公司請假。
02　1. 酒喝太多，不舒服。
　　2. 單字太多，沒辦法全部背起來。
　　3. 他是好人，但是太認真，所以很無趣。
　　4. 好久沒去吃歐式自助餐，我吃太多了。
03　1. 那個人說的話，難以理解。
　　2. 這道路又寬敞又乾淨，很好走。
　　3. 我來幫你把肉切得容易入口。
　　4. 這咖啡好苦，有點難以入喉。
　　5. 有更容易使用的 APP 嗎？
04　1. 每天邊聽音樂邊吃早餐。
　　2. 他邊上大學邊打工。
　　3. 請勿邊開車邊使用手機。
　　4. 昨天跟朋友邊吃飯邊聊了許多。
05　1. 我不知道這軟體的使用方法。
　　2. 全世界每個地方的麥當勞其點餐方式都是一樣的。
　　3. 學習教日文的方法。
　　4. 那人的說話方式很溫柔。

■ **閱讀練習** P. 22

韓文易學、難學的地方

　我是高中生，我的學校從二年級開始就可以選擇學韓文或是中文。我對漢字不擅長，所以選了我有興趣的韓文。

　韓文的發音太困難，很難學習。但是韓文與日文相似，文法、單字都很好記。上課時，我們會邊聽 CD 邊練習發音方式。上課很有趣。

　前些日子我參加韓語能力測驗，我通過了，好開心。課程中老師淺顯易懂地教我們考題，所以（考試）不會太難。

　但是我不擅長會話，得練習才行。將來我想去韓國留學，現在開始得更加努力。

Lesson 32

■ **會話** P. 31

宋　：啊～。今天的考試如果分數太差，該怎麼辦？
小川：怎麼了？這麼突然？
宋　：今天的考試，我犯了錯。
小川：這樣啊！但是下次一定沒問題的。拿出信心！
宋　：跟你談完話後，我不自覺提振了精神。明天的考試，我會加油的。
小川：那麼，考完我們一起出去玩吧！

■ 學習重點

01　1. 要是中了獎券，我會存錢。
　　2. 要是有時光機，我想到未來看看。
　　3. 要是再年輕 10 歲，我什麼都想挑戰。
　　4. 要是我是小鳥，我想自由地在天空飛翔。

02　1. 要是到了機場，我再聯絡你。
　　2. 要是客人來了的話，再叫我。
　　3. 到了家，就看電視。
　　4. 要是有了結果，再通知我。

03　1. 進了教室，結果沒人在。
　　2. 吃了藥，就好了。
　　3. 一看時鐘，已經 12 點了。
　　4. 見到許久沒見到的母親，流下了眼淚。

04　1. 我做完英文功課了。
　　2. 妹妹一個人把蛋糕吃完了。
　　3. 我罵了妹妹，她就哭了。
　　4. 昨天在路上跌了一跤。
　　5. 削蘋果切到手。
　　6. 快點！要遲到了喔！

■ 閱讀練習

將來的夢想

畢業後，我要進研究所研究宇宙工程。學宇宙工程學，到 NASA 工作。

將來人們也許可以到宇宙旅行，在宇宙中體驗無重力，應該很有趣。

所以我想要到宇宙旅行社上班，實現人們宇宙旅行的夢想。如果可以，我也想去宇宙旅行。環繞地球的同時，從宇宙眺望藍色的地球。一天裡，能在宇宙中迎接好幾次的日出，會是多麼的幸福啊！

還有，可以碰到外星人就好了。

Lesson 33

■ 會話 P. 47

藤田：啊！窗戶是開著的。
柳　：不好意思，我開了窗。我聞到奇怪的味道。
藤田：這樣啊？那麼，要不要再打開一點？
柳　：沒關係。已經沒有味道了，關起來吧！
藤田：好的。啊？關不太起來耶。
柳　：好奇怪。昨天修好了啊！

■ 學習重點

01　1. 今天晚上要去的店，事先預約好了。
　　2. 要搭船之前，先吃暈船藥。
　　3. 請先記下下週的行程。
　　4. 餐具使用後要清洗。
　　5. 那件事情，我會先傳達給前輩。
　　6. 這次的旅行就不去了。
　　7. 天氣熱，開一下窗戶。

02　1. 天色有點暗，把窗簾拉開。
　　2. 都沒人在，但是房裡的燈是開著的。
　　3. 早點去吧！演唱會差不多要開始了。
　　4. 工學系的朋友幫我修理了音響。
　　5. 不好意思，我改變心意了。我要熱的。
　　6. 重要的東西請放進保險箱裡。

03　1. 咖哩散發好香的味道。
　　2. 隔壁的房間傳來很大的聲響。
　　3. 這是什麼味道呢？我想吃吃看。
　　4. 我有不好的預感，搞不好會落榜。

■ 閱讀練習 P. 55

媽媽給我的留言

我回到家，看到媽媽給我的留言，覺得有不好的預感。

「今天晚上要辦爸爸的生日派對喔！爺爺奶奶也會來，所以你可以幫我準備嗎？對不起！我有急事沒辦法準備。拜託你了！」

1. 先打掃好房間。
2. 把果汁、啤酒全都放進冰箱。
3. 料理要用的牛肉從冷凍庫裡拿出來。
4. 煮 5 杯米。
5. 把桌子放在客廳正中間。

以上！

Lesson 34

■ 會話 P. 62

後藤：小高，你明天有約嗎？
高　：啊，學姐！ 明天我想唸書準備考試。
後藤：那麼，我們一起唸。我下禮拜也要考試。
高　：好啊！彼此不懂的地方，也可以問。
後藤：嗯，對啊！要什麼時候？
高　：我想明天一早就開始唸。
後藤：那麼，就 9 點在車站前見面，去附近的咖啡店吧！

■ 學習重點

01
1. 一起去吃飯吧！
2. 這次的比賽，我們一定要贏！
3. 今天吃壽司吧！
4. 12 點了啊！差不多該睡了。
5. 奇怪？找不到房間的鑰匙。怎麼辦？

02
1. 明天想在家裡悠哉悠哉。
2. 下次要再加油。
3. 現在的這份工作我不想一直做下去。
4. 畢業後我想到海外大學留學。

03
1. 週末你想做什麼？
2. 我想到日本公司工作。
3. 不打算參加明天的宴會。
4. 到今年底，我打算辭掉工作。

04
1. 預計在週末買新電腦。
2. 今年的夏天有預計要去哪嗎？
3. 下個月預計要到美國出差。
4. 今晚有安排嗎？

■ 閱讀練習

畢業後的計畫

我預計將在明年三月大學畢業。畢業後我會先回老家稍作休息，大概悠閒過個一個月。

現在我努力地在寫畢業論文，邊寫我心想「要再多唸些書」，所以現在開始做準備要進研究所。打算申請美國的大學。

在大學我專攻的是心理學，到美國的研究所我也想專攻心理學。我也考慮日本的研究所，但是我覺得心理學的正宗還是在美國，還有到美國留學是我從小的夢想。

但是，我的論文還沒完成，從現在開始得努力才行。

Lesson 35

■ 會話 P. 79

張　：暖和好多了！
村上：嗯！像春天的天氣耶。啊！這家義大利麵店，人好多。
張　：這是很受歡迎的店，到了中午總是滿滿的客人。
村上：喔～，不錯耶。不過今天不想吃義大利麵，想吃熱呼呼的東西。

張　：前面一點有家火鍋店喔。
村上：嗯，那我們去那家吧！

■ **學習重點**

01　1. 那位演員在晨間連續劇中演出後，就變有名了。
　　2. 因為天候的影響，蔬菜變貴了。
　　3. 哥哥繼承了父親成為社長。
　　4. 要怎麼做學習才會有趣呢？
　　5. 我希望能完成夢想幸福快樂。
02　1. 一到夏天，濕度就會變高。
　　2. 按了按鈕就會找錢。
　　3. 直走就有公園。
　　4. 早上總是一起床就喝水。
　　5. 喝酒臉就會變紅。
　　6. 被弄錯名字，就會生氣。
03　1. 生魚片是很有日本味的食物。
　　2. 變得很像秋天了。
　　3. 有暖爐桌就是像日本的房間了。
　　4. 今天怎麼了？不像你！
04　1. 我代替河合老師上課。
　　2. 今天喝紅茶代替喝咖啡。
　　3. 今天代替我先生帶兒子來。
　　4. 今天喝蔬菜汁代替吃蔬菜。
　　5. 今天休假，禮拜天則去上班。

■ **閱讀練習** P. 88

四季與我

春天到了一變溫暖，就會想到戶外遊玩。附近的櫻花一開，就會有滿滿的賞花遊客。每年我都和家人在櫻花樹下享用好吃的便當邊賞花。

多雨的梅雨季過後，就是正宗的夏天了。天氣一變炎熱，就會想到海邊、夏日祭典走走。去夏日祭典，我總是吃炒麵、剉冰。夏日夜晚真是熱鬧，好棒喔。

到了秋天，就想吃秋刀魚、栗子。除了美食之外，我最喜歡秋天風景。我喜歡清爽的空氣，令人心情舒暢。每年我會和朋友去山邊、日式庭園賞楓。

我最怕冬天了。天氣一轉冷，心情也轉為低落。不過冬天有火鍋，所以沒關係！在寒冷的冬天裡吃火鍋，心情也暖呼呼起來。

Lesson 36

■ **會話** P. 98

近藤：明天要考試，你不唸書沒關係嗎？
高　：明天的考試改為下禮拜了，所以沒關係。
近藤：這樣子啊！但是你老是在打電動，沒關係嗎？
高　：嗯，我差不多該開始唸書了。為了拿第一名，我得加油唸書。
近藤：我下禮拜也有中文考試，單字好難背。
高　：這樣啊！有什麼不懂的地方，可以隨時問我。我很會教人喔！

■ **學習重點**

01　1. 他喜歡看電影。
　　2. 昨天沒來的是鈴木先生。
　　3. 家裡最高的是哥哥。
　　4. 四季中我最喜歡的是秋天。
　　5. 你知道這家店是星期三店休嗎？
02　1. 今天有我想看的連續劇，所以我要早點回家。
　　2. 我不懂日文，所以請你說英文。
　　3. 明天是我媽媽的生日，所以我要去買禮物。
　　4. 最近很空閒，所以跟朋友在寫小說。
03　1. 哥哥明明在麵包店工作卻討厭麵包。
　　2. 努力唸書了，考試那天卻睡過頭。
　　3. 為什麼呢？明明天氣冷卻想吃冰淇淋。
　　4. 那個人是業務員，口才卻很差。
　　5. 她自己就很辛苦了，卻總是為別人而行動。

04 1. 為了通過考試，我每天唸 10 小時的書。
2. 為了畢業，我得選這門課程。
3. 為了家人，我得賺錢。
4. 為了預防熱衰竭，要多攝取水分。

■ **閱讀練習** P. 108

最近發生的事情

前些日子的禮拜天，因為天氣非常好，所以和家人一起去海邊兜風。天氣雖然很炎熱，海水卻很冰涼。我和女兒只有泡腳，但是很舒服。

因為沒有做便當，所以中餐就在可以看到海景的時尚咖啡餐廳吃。那家店有家人喜歡的披薩以及義大利麵等等，也可以吃到美味甜點。但是我們開車去的，雖然有好喝的啤酒，但是沒辦法喝。那邊還有可以看海景的露台座位，所以可以悠閒放鬆。

回程除了開車的爸爸之外，大家都睡著了。爸爸為了家人努力了一天！大家都累了，所以晚餐就簡單解決。

Lesson 37

■ **會話** P. 116

黃　：我覺得你行李有些太多了。
山口：可是這次的旅行要上山下海的，就需要各式各樣的東西。
黃　：都是化妝品吧！
山口：才不是！也許會下雨或是突然變冷的，所以我帶了雨傘及大衣。
黃　：但是老是這麼擔心，旅行就索然無味了。
山口：但是老師說要帶的。
黃　：這樣子啊。

■ **學習重點**

01 →我想明天會下雪。
→鈴木說他明天不會來。
→我想明天會是好天氣。
→老師說下禮拜放假。
→妹妹說：「明年要去日本留學。」
1. 我想從這裡到捷運車站不會太遠。
2. 我想那個人是在市公所工作。
3. 我認為寵物也是重要的家人。
4. 鈴木說他喜歡寧靜的音樂。
5. 老師說：「報告請在明天之前交。」
6. 山田說她有去過法國。

02 1. 昨天我跟朋友在居酒屋快樂地吃吃喝喝。
2. 空閒時我喜歡看看書，看看 DVD。
3. 在圖書館裡可以看看書、雜誌，或是唸書。
4. 為了健康要跑跑步，做做瑜伽。
5. 將來想到各國旅行，與各國的人們交流。

03 1. 這個城鎮到處都是烏龍麵店。
2. 我的職場裡都是比我年輕的人。
3. 對自己的行動充滿懊悔。
4. 最近疲累，老是對孩子生氣。
5. 我得努力寫論文，但是最近老是在偷懶。

04 1. 我弟弟老是在玩，不唸書。
2. 老是在玩電動，眼睛會變壞喔！
3. 我弟弟不吃青菜，光吃肉。
4. 我家孩子每天光看卡通。

■ **閱讀練習** P. 125

愛操心

常常有人說我「心眼小」。我老是擔心一些細微的事情，考慮一些在別人眼中可有可無的事情。

在日常生活中，我總是在包包裡放把傘，帶外套出門。因為覺得「萬一發生地震，就得走路回家」，所以通勤時總是穿著運動鞋上班。

在人際關上，我也總是後悔自己說的話，因為覺得自己說過的話傷害了別人，或是讓別人不開心。

周遭的人常對我說「你太過煩惱了」，但是這是個性，也是莫可奈何的吧？

Lesson 38

■ 會話 P. 134

（在寄宿家庭處）

齋藤：你要去哪裡嗎？

孫　：是的，我想去見朋友。

齋藤：出門的話，最好帶傘出去喔！

孫　：這麼說來，天陰陰的耶。那我帶傘去好了。

齋藤：還有，下雨的夜晚路上很危險，最好不要太晚喔。

孫　：也是，我會小心的。

■ 學習重點

01
1. 今天最好早點睡喔！
2. 為了健康，最好走路。
3. 最好不要吃油膩的東西。
4. 感冒流行的時候，最好不要去人聚集的地方。

02
1. 孩子幸福的話，父母也會幸福。
2. 如果是去歐洲旅行的話，我想去瑞士。
3. 如果是煮咖哩的話，請加入滿滿的肉。
4. 漢字困難的話，也可以用平假名寫喔。
5. 如果是壽司的話，還是「將將壽司」好吃。
6. 如果是國際電話的話，還是用免費APP的好。

03
1. 畢業後，我決定去日本留學。
2. 為了健康，我決定戒菸。
3. 因為疲累，我決定休假。
4. 雖然痛苦，但是我決定跟她分手。

■ 閱讀練習 P. 142

如果是學日文

　　如果是學日文的話，我建議大量閱讀雜誌、小說，或是看看網路上的動畫、新聞。漫畫也不錯，如果是漫畫的話，我推薦《哆啦A夢》

　　如果是動畫或是新聞，可以練習聽力。網路上各領域的人們會上傳大量的動畫，如果是自己有興趣的東西，我想看起來一定會興緻高昂的。

　　如果是想要自己的日文早點變強，留學也不錯。我的朋友為了學日文，就決定明年去日本留學。去了日本的話，就有許多機會跟在地的人們談話，這樣一來日文就可以早早上手了。

　　人們說，學日文最好及早開始，所以大家提早開始學日文吧！

Lesson 39

■ 會話 P. 150

梁　：我可以請問一下嗎？是日文的回家作業。

坂本：好的，您問。

梁　：這個要怎麼做呢？我越想越迷糊了。

坂本：嗯～，這個文法只能用動詞，不能用形容詞。

梁　：原來如此，我懂了。謝謝。

坂本：有什麼不懂的地方，儘管問。

■ 學習重點

01
1. 獲勝是天堂，失敗是地獄。
2. 早上起床，天氣好的話就去運動。
3. 便宜就買，貴就不買。
4. 要問誰才好呢？
　→問井上老師就可以了解。
5. 到名古屋車站要怎麼走才好呢？

02
1. 夢想越宏大越好。
2. 學外文越早越好，容易上手。

3. 越學習成績越好。
4. 越了解越難。

03 1. 錢包裡只有 10 日圓。
2. 能夠做這翻譯的人只有老師了。
3. 這孩子只吃肉。
4. 我不擅長游泳，只能游 25 公尺。

04 1. 就這些食材，只好做咖哩了。
2. 結婚的話，就只好辭掉工作了。
3. 她不去的話，只好我去了。
4. 因為地震電車停駛，只好走路回家。

■ 閱讀練習 P. 158

減重與運動

我正為減重而煩惱。我是易胖體質，就算只吃蔬菜也會胖。要怎麼做才會瘦呢？

朋友說「運動就會瘦喔」。那道理我也知道，但是卻不是簡單的事。先前我也有上健身房，但是因為工作忙就沒能繼續下去。

前些日子因為朋友的推薦，我開始做「通勤健走」。現在我會在公司或是自家的前一車站下車步行。已經開始快要半年了，我覺得身體有變輕盈。

週末我會到附近的公園跑步。跑步不是越快越好，據說在不勉強的情況下跑 30 分鐘到 60 分鐘最好。一開始很辛苦，但是現在我跑得很愉快。

Lesson 40

■ 會話 P. 166

遠藤： 今天真熱啊！
黃 ： 根據新聞報導，今年以來今天最熱。
遠藤： 那麼，我們快走吧！到車站不知道要走多久？
黃 ： 嗯，大概 15 分鐘左右。下班電車剛好 15 分鐘後發車，我們快點吧！
遠藤： 這般炎熱，15 分鐘不知道是否能走得到。
黃 ： 也是。那麼我們搭計程車去車站吧！

■ 學習重點

01 1. 大約幾點到機場，之後告訴我。
2. 這道料理要怎麼做，我不了解。
3. 昨天說了什麼話，我完全不記得。
4. 你試試味道，看看有多辣。
5. 請跟我說你喜歡什麼食物。
6. 你知道他是什麼樣的人嗎？

02 1. 還沒決定是否要參加考試。
2. 不知是否合您的口味，您吃吃看！
3. 不知郵件是否有送達，因為沒有回覆所以很擔心。
4. 實際到店裡確認是否好吃。
5. 那支手錶不知是否為真品，很可疑！

03 1. 這件裙子可以試穿嗎？
2. 想去看一次富士山。
3. 明天想去試試新的店。
4. 這蛋糕很美味喔！請您品嚐看看。

04 1. 我家含庭院，大小約 60 坪左右。
2. 沒有親自見面，無法了解他的厲害。
3. 不管在哪工作，辛勞是一樣的。
4. 就生活便利來說，東京是世界第一。

■ 閱讀練習 P. 174

我的煩惱

打工了三年的漢堡店，我正煩惱著是否要辭掉。（工作）時薪高，店長也是好人，但是工作量太大很辛苦。

因為了解這工作的辛苦，所以我媽媽說「辭了也沒關係」。但是我覺得這會給打工地方的人們造成困擾，所以無法開口辭掉工作。

還有我也煩惱著大學畢業後是否要去留學。留學是我以前的夢想，我想去試試。但是因為不太有錢，不知道我父母是否會讓我去。如果可以，我想去日本。不過，我現在最煩惱的是畢業論文。通過不了的話，就不能畢業。畢不了業的話，什麼都不能做，所以我要竭盡全力才行。

解答

Lesson 31 P. 18

■ 練習 1

1. 軽くて／持ちやすい
2. 長くて／覚えにくい
3. 複雑で／勉強しにくい
4. 狭くて／通りにくい

■ 練習 2

1. 作り方／難しすぎ
2. 歌い方／独特すぎ
3. 食べ方／違いすぎ
4. 遊び方／複雑すぎ

■ 練習 3

1. シャワーを浴びながら歌を歌います。
2. 大学に通いながらバイオリンを教えています。
3. お酒を飲みながら仕事の話をしました。
4. パソコンを使いながら授業を受けます。

■ 挑戰 JLPT!

❶ 3 ❷ 2 ❸ 1 ❹ 4 ❺ 2

Lesson 32 P. 35

■ 練習 1

1. もらったら／行き
2. 大統領だったら／入れ
3. 行けたら／ジャンプし
4. 戻れたら／言い

■ 練習 2

1. 見たら
2. 話したら
3. 遊んだら
4. 降りたら

■ 練習 3

1. 踏んで
2. 来て
3. 信じて
4. 引いて

■ 挑戰 JLPT!

❶ 4 ❷ 3 ❸ 3 ❹ 3 ❺ 1

Lesson 33 P. 51

■ 練習 1

1. 入れておきます
2. 寝ておきます
3. 学んでおきます
4. 掃除しておきます

■ 練習 2

1. 閉まって
2. つけて
3. 消えて
4. 始めて
5. 入って

■ 練習 3

1. 寒気
2. 音
3. 吐き気
4. 味
5. 気

■ 挑戰 JLPT!

❶ 4 ❷ 3 ❸ 3 ❹ 2 ❺ 2

Lesson 34 P. 66

■ 練習 1

1. 食べよう
2. 帰ろう
3. 休もう
4. 入ろう

■ 練習 2

1. 田舎へ帰ろうと思います
田舎へ帰るつもりです
田舎へ帰る予定です
2. アルバイトをやめようと思います
アルバイトをやめるつもりです
アルバイトをやめる予定です
3. JLPT を受けようと思います
JLPT を受けるつもりです
JLPT を受ける予定です
4. 彼女と結婚しようと思います
彼女と結婚するつもりです
彼女と結婚する予定です

■ 挑戰 JLPT!

❶ 3 ❷ 1 ❸ 1 ❹ 2 ❺ 3

Lesson 35 P. 84

■ 練習 1

1. 忙しくなりました
2. お金持ちになりました
3. おいしくなりました
4. 好きになりました
5. 痛くなりました

■ 練習 2

1. 始まると
2. なると
3. 終わると
4. 話しかけると

■ 練習 3

1. 男らしい
2. 北海道らしい
3. 冬らしく
4. 自分らしい
5. 夏らしく

■ 挑戰 JLPT!

❶ 3 ❷ 3 ❸ 1 ❹ 2 ❺ 1

Lesson 36 P. 103

■ 練習 1

1. テレビがある
2. 日本語でレポートを書く
3. 試験に合格した
4. おいしいものを食べる
5. 彼女にふられた

■ 練習 2

1. 雨なので
2. 忙しいので
3. 食べたので
4. 苦手なので
5. 飲めないので

■ 練習 3

1. 元気なのに
2. 送ったのに
3. おいしいのに
4. 冬なのに
5. 始まったのに

■ 練習 4

1. 勝つために
2. 安全のために
3. なるために
4. 笑顔のために

■ 挑戰 JLPT!

❶ 2 ❷ 4 ❸ 3 ❹ 2 ❺ 1

Lesson 37 P. 121

■ 練習 1

1. 補講だと言った
2. 日差しが強いと思う
3. 誕生日パーティをすると言いました
4. 「今電車の中だから…」と言っ

■ 練習 2

1. お酒を飲んだりたばこを吸ったりする
2. 本を読んだり音楽を聞いたりして
3. デパートで買い物をしたり家事をしたりして
4. 旅行に行ったりご飯を食べに行ったりします

■ 練習 3

1. お菓子を食べてばかりいます
   お菓子ばかり食べています
2. 動画を見てばかりいます
   動画ばかり見ています
3. 漫画を読んでばかりいます
   漫画ばかり読んでいます
4. 仕事をしてばかりいます
   仕事ばかりしています

■ 挑戰 JLPT!

❶ 4 ❷ 3 ❸ 3 ❹ 4 or 2 ❺ 1

Lesson 38 P. 138

■ 練習 1

1. 休んだ方がいい
2. 乗った方がいい
3. 電話をかけた方がいい
4. やめた方がいい

■ 練習 2

1. 日本語を勉強するなら
2. 付き合うなら
3. 得意なら
4. お土産なら

■ 挑戰 JLPT!

❶ 2 ❷ 4 ❸ 3 ❹ 2 ❺ 1

Lesson 39 P. 154

■ 練習 1

1. 聞けば
2. 忙しければ
3. 習えば
4. おいしければ
   おいしくなければ
5. かければ
   かけなければ

■ 練習 2

1. 長ければ長いほど
2. 噛めば噛むほど
3. 強ければ強いほど
4. 運べば運ぶほど

■ 練習 3

例 1

1. 猫しかいません
2. 鉛筆しかありません
3. ビールしか飲みません

例 2

1. 自分でするしかない
2. 先生に聞くしかない
3. 歩いて帰るしかない

■ 挑戰 JLPT!

❶ 2 ❷ 2 ❸ 3 ❹ 2 ❺ 4

Lesson 40 P. 170

■ 練習 1

1. 何を送るか
2. どれほど難しいか
3. 何人集まったか
4. 誰がお姉さんか

■ 練習 2

1. 来るかどうか
2. 留学生かどうか
3. 合っているかどうか
4. 面白いかどうか

■ 練習 3

1. 高さ／見に行ってみ
2. 便利さ／遊びに来てみ
3. 寒さ／行ってみ
4. 大切さ／読んでみ

■ 挑戰 JLPT!

❶ 1　❷ 2　❸ 4　❹ 4　❺ 3

單字索引

さ

附録｜單字索引

た

な

は

ら

わ